젊은 날의 시인에게

 C 피닉스문예08

젊은 날의 시인에게
To the Poet in a Youthful Days

지은이 김명환
펴낸이 조정환
책임운영 신은주
편집 김정연
표지 디자인 조문영
홍보 김하은

펴낸곳 도서출판 갈무리 등록일 1994. 3. 3. 등록번호 제17-0161호
1쇄 2016년 11월 2일
2쇄 2016년 12월 2일
3쇄 2017년 7월 31일

종이 화인페이퍼 인쇄 예원프린팅 라미네이팅 금성산업 제본 은정제책

주소 서울 마포구 동교로18길 9-13 [서교동 464-56]
전화 02-325-1485 팩스 02-325-1407
website http://galmuri.co.kr e-mail galmuri94@gmail.com

ISBN 978-89-6195-145-6 03810
도서분류 1. 문학 2. 한국문학 3. 산문집 4. 사회운동

값 10,000원

이 도서의 국립중앙도서관 출판예정도서목록(CIP)은 서지정보유통지원시스템 홈페이지(http://seoji.
nl.go.kr)와 국가자료공동목록시스템(http://www.nl.go.kr/kolisnet)에서 이용하실 수 있습니다.(CIP제
어번호 : CIP2016025590)

김명환 산문집

젊은 날의 시인에게

갈무리

젊은 날의 시인에게

나는 세상을 바꾸지 못하고
스스로를 바꾸며 살았다

스스로를 바꾸는 것이
세상을 바꾸는 것보다 어렵다는 걸
미리 알았다면
이렇게 먼 길을 돌아
몸과 마음을 상하진 않았을 것이다

살아온 날들을 되돌리기엔
너무 먼 길을 걸어왔다
날은 어둡고 바람은 찬데
너는 아직도 거기
황량한 벌판에 서 있느냐
젊은 시인아

차례

제4부 100년 만의 정월대보름

제5부 철노제일검

후기

제1부

기차의 추억

젊은 날의 시인에게

1984년, 그해 겨울엔 눈이 참 많이 왔었다. 그렇게 눈이 많이 내리던 어느 날 밤 나는 내가 처음으로 시를 발표한 사화집『시여 무기여』출판기념회에 가서 술을 퍼마셨다. 같이 시인이 된 친구들은 대부분 현장에서 노동을 하는 친구들이었다. 그들은 현장에서 노동을 하면서 고통과 기쁨과 절망과 희망을 노래하는 이야기를 하고 있었고 나는 술만 마셔댔다.

3차가, 4차가 술집을 바꾸러 가는 길에서 나는 탈출했다. '25시'에서 안소니 퀸이 탈출하던 것처럼 뒷걸음을 치다 줄행랑을 놓았다. 한강다리를 건너는데 눈이 끝없이 쏟아졌다. 시는 노동자가 쓰는 게 옳다고 생각했다. 다시는 시 같은 건 쓰지 않겠다고 다짐했다. 나는 울고 있었다.

시인이 있어야 할 곳과, 해야 할 행동과, 써야 할 글들에 대해 끝없이 고민하던 나는 몇 년 동안 농촌, 광산촌, 공단을 돌아다니며 농민, 노동자들과 소모임을 했다. 주제를 정해 토론을 하고 토론 결과를 시의 형식으로 정리하고, 그것을 돌려 읽으며 고쳐서 한 편의 시가 완성되면 유인물로 만들어 지역에 배포했다. 자신들의 이야기가 시가 되고 유인물이 되는 놀랍고도 신기한 일들이 지속됐고, 그 유인물들은 지역에서 호평을 받았다.

1988년 겨울, 나는 월간『노동해방문학』창간 준비팀에 합류했다. 몇 년 동안 내가 해왔던 것처럼, 많은 문인들이 투쟁 현장에 파견되어 작품을 생산하고 선전활동과 문예활동을 하는 것을 나는 꿈꿨다. 문인들과 학습을 하고, 작품을 기획 창작하고, 임단투 지원활동, 지역 문학소모임 지원활동, 문화선전 연대 사업 등 빛나는 활동들을 벌여나갔다.

1991년 겨울, 쏘비에트연합의 해체와 함께 나의 문예활동도 종언을 고했다.

십 년만 더 젊었더라면

현장에 들어가 노동운동을 했을 거라던

백발이 성성한 이기형 선생님이

새로 나온 시집을 주고 갔다

고요한 돈강 개정판 교정을 보다

엉거주춤 시집을 받은 나는

일흔다섯 노인네의 시를 읽으며

내 나이를 생각했다

고요한 돈강은 말없이 흐르고

수많은 사람들의 삶과 고통과 희망과 분노를 싣고

말없이 흐르고 십 년이 아니라 사십 년도 더 젊은

서른세 살이 팽개치고 나온 현장은 아득하기만 한데

일흔다섯이나 먹은 노인네가

역사의 회한과 칼빛 매서운 희망을 노래한다

운동이고 나발이고 입에 풀칠이나 하자고

교정을 보는 고요한 돈강은 말없이 흐르고

역사와 역사의 강은 말없이 흐르는데

일흔다섯 살 젊은이의 시집을 읽는

서른세 살 노인네는 부끄러웠다

— 졸시 「고요한 돈강」 전문

　내가 다시 노동현장으로 돌아갈 생각을 한 것은 문예운동을 하기 위해서도, 노동운동을 하기 위해서도, 문학작품을 쓰기 위해서도 아니다. 시인이 있어야 할 곳이 꼭 노동현장이어야 한다고 생각한 것도 아니다. 단지 부끄러웠다. 빛나게 달려오던 젊은 날의 시인에게 부끄러웠다.

　십 년이 넘게 현장생활을 하며 나는 운동조직이나 단체에 가입하지 않았다. 단지 내가 필요할 때라는 생각이 들면 선전일을 자청해서 맡아 짧은 기간 활동했다.

　나는 운이 좋은 시인이기도 하지만 운이 나쁜 시인이기도 하다. 민주화투쟁과 혁명운동과 신자유주의반대투쟁의 언저리에서 나는 선전일을 하는 행운을 누렸다. 하지만 빛나는 시 한 편 쓰지 못했다.

나는 혁명을 노래해야 할 시인이었지만
도둑처럼 다가올 새벽을 믿지 못했기 때문에
빛살로 날아오르는 노래 한 곡 부르지 못하고

산길을 서성이며 젊은 날을 보냈다

한번쯤 크게 기지개를 켜고

산을 내려가야 할 때가 되면

아주 낮고 쓸쓸한 휘파람을 불며

저녁 안개 속으로 사라지고 싶었지만

나는 너무 오래 산길을 걸어왔다

모두가 떠나간 외로운 안개 숲에서

나는 전향을 꿈꾼다

눈물 속에 타오르는

붉은 태양을 노래하기 위해

내 젊은 벗들처럼 산을 오르고 싶다

― 졸시 「망실공비를 위하여 2」 전문

하지만 나는 시인이고, 부끄럽지 않은 시인이기를 꿈꾼다.

―『참세상』 2006.9.27.

기차의 추억

초등학교 1학년 여름방학 때 나는 처음으로 기차를 탔다.

외가가 경기도 가평이니 경춘선 완행열차였을 것이다. 우렁차게 기적을 울리며 사람을 가득 싣고 달리는 기차는 너무 신기했다. 가평에서 내린 우리 일행은 거의 반나절을 걸어서 외가에 갔다. 가다가다 지치면 개울가에, 들판에 앉아 야외전축을 틀었다.

"이게 무슨 노랜 줄 아니?"

아재가 물었다. 외국말로 부르는 노래를 내가 어떻게 알겠는가.

"미국 철도노동자들이 파업을 하며 부르는 노래야."

철도노동자가 뭔지, 파업이 뭔지 알 리 없는 나를 무

시하고 아재와 아재 친구들은 열심히 노래를 따라 불렀다. 노래는 너무 멋있고 힘찼다. 그 노래는 지금도 내 가슴 깊숙한 곳에서 쿵 쿵 울려오고 있다.

내가 기차를 처음 타보고, 철도노동자의 노래를 처음 듣던 때로부터 벌써 40년 가까이가 흘렀다. 나는 어느덧 흰머리가 나고, 머리가 벗겨지기도 한 중년의 철도노동자가 됐다. 기차를 타는 게 직업이 됐고, 철도노동자의 파업투쟁을 소리 높여 노래 부르는 시인이 됐다.

아재와 아재의 친구들은 좌절된 4·19혁명의 끝자락을 맛본 젊은 예술인들이었다.

이렇다 할 운동가요가 없던 그 시절을, 그들은 외국의 투쟁가를 따라 부르며 견뎠을 것이다. 그들에 비하면 나는 얼마나 행복한가. 나는 철도노동자가 되던 순간부터 중년이 될 때까지 우리말로 된 투쟁가를 부르며 달려왔다. 신자유주의 구조조정이 10년 넘게 지속되는 끔찍한 현장을 지키며 싸워왔다. 그리고 이제 100년 철도의 끝자락에 나는 3만 철도노동자들과 10만 가족들과 함께 간신히, 그러나 힘차게 당당하게, 끊임없이 노동자들을 공격하는 자본의 하수인들과 맞서고 있다.

먼 옛날 내가 처음으로 기차를 타던 날 내 가슴을 힘차게 울렁거리게 했던 기적소리가, 철도노동자의 노래가 나를 달려 나가게 한다. 노래하게 한다.

참으로 슬프게도, 그러나 가슴 벅차게도, 이것은 신자유주의 반대투쟁이다. 철도노동자의 아름다운 저항이다. 눈물겹게 아름다운, 우리들의 처절한 몸부림이다.

—『아빠, 힘내세요!』 2003.6.28.

자본론의 추억

"심심한데 개고기나 먹으러 가죠?"

철도노조 김병구 동지가 오랜만에 전화를 했다.

"조오치!!!"

생각보다 먼저 말이 나갔다.

김병구 동지는 철도노조 직선제투쟁 때 나를 기관지 편집장으로 취직 시켜준 은인이다. 그 싸움은 내가 마지막까지 편집권을 지킨 아주 드문 선전작업이었다.

'선전게릴라'는 항상 '장렬한 전사'를 꿈꾸지만, 언제나 '아군'의 손에 '무장해제' 당하고 '총살' 된다. 내가 오랫동안 선전일을 할 수 있었던 것은, 일을 시작하기 전에 "편집권 박탈은 해임으로 받아들인다."는 약정을 맺었기 때문이다. '무장해제' 당하자마자 사라지면 '총살'될 일이 없으므로…….

철도노조 직선제투쟁은 공공부문에 집중되던 신자유주의 구조조정에 반격의 물꼬를 튼 커다란 사건이었다. 철도노조 민주화는 공공부문에 신자유주의반대투쟁의 거센 물결을 일으켰다. 공투본(철도노조 전면적 직선제 쟁취를 위한 공동투쟁본부) 지도부는 마지막까지 저항하다 장렬한 최후를 맞았다. 그 슬프고도 아름다운 싸움이 끝났을 때 나는 송별회까지 받아먹고 사라졌다.

더 이상 먹고 싶지 않을 만큼 개고기를 먹은 건 정말 오랜만이었다. 삐라를 만드는 동안 나는 아무 것도 먹지 않는다. 그래서 먹을 기회가 생기면, 그 식당에서 제일 비싼 걸 아주 많이 먹는다. 언제 다시 먹게 될지 모르니까…….

개고기를 먹고 돌아오는 길에 김병구 동지가 '자본론 세미나'를 시작하기로 했다고 한다.

5년 전쯤의 일이다.

40일 동안의 30미터 철탑 고공농성에서 내려온 김병

구 동지에게, 명동성당에서의 단식농성을 마친 공투본 지도부에게, 막무가내로 송별회를 받아먹고 사라진 나는 자본론을 읽었다. 세상이 너무 슬퍼서, 슬픈 세상을 위해 할 수 있는 일이 없는 내가 너무 슬퍼서, 자본론을 읽었다. 그리고 다시 선전일을 시작했다. 공공부문 굵직굵직한 투쟁의 선전작업에 나는 거의 빠지지 않고 꼽사리꼈다.

"심심한데 나도 낄까?"

"조오쵸!!!"

김병구 동지가 반색을 했다.

세미나 첫 시간에 받은 '맑스 연보'를 보며 나는 당황했다.

1818년 태어남. 1861년 자본론 3권분의 초고 작성. 1865년 자본론 3권분의 초고 완성. 1866년 자본론 정서를 시작하다.

내가 휘파람을 불며 '하산' 해서, 한 세상 다 살은 양 어슬렁거리던 무렵의 나이에, 맑스는 필생의 작업을 하고 있었던 것이다. 나는 쥐구멍을 찾았다.

15년 전쯤의 일이다.

'현실사회주의'가 몰락하고 모두가 뿔뿔이 흩어질 때, 그렇게 흩어진 나는 자본론을 읽었다. 너무 쉽게 절망하고, 너무 쉽게 포기하는 내가 너무 부끄러워서 자본론을 읽었다. 그리고 다시 현장으로 돌아왔다.

"아! 철도요? 맑스조차 떨어졌던, 철도에 들어가셨다고요?"

옛 문우들이 무릎을 치며 좋아했었다.

2003년 6월 30일 새벽, 철도노조 총파업 3일차 '파업 속보' 교정쇄를 보던 중이었다. 갑자기 눈앞이 하얬다. 교정5쇄 그대로 OK를 냈다.

"교정 101쇄! 노동자의 선전물에 오자와 탈자, 비문은 없다!"

오랫동안 지켜온 원칙을 팽개치고 목욕탕으로 달려가 저울 위에 올라섰다. 49키로……, 12키로가 빠진 것이다. 2002년 2월 철도 발전 가스 공동총파업 때는 48키로였다. 안도의 한숨을 내쉬었다. 살아남은 것이다. 가죽만 남은 거울 속의 나를 어루만졌다. 10년 전쯤에 목욕

탕에서 쓰러진 적이 있었다.

목욕을 하다 쓰러진 이후

나는 다시 시를 쓰기 시작했다

험난한 세월 가파르게 살아온

지난 십여 년의 삶보다

아, 이젠 시를 못 쓰겠구나 하는 생각이

먼저 들었다면 나는 역시 3류 시인

좋은 세상이 오면

시는 얼마든지 쓸 수 있다고

잘난 체하던 내가 얼마나 우습고 부끄러운지

사실, 정신을 잃어가며 내가 만난 건 허무였다

그러니 나는 이미 죽은 게 아닌가

서른일곱의 나이에

잃은 것은 정신이 아니라 삶이었다

목욕을 하다 쓰러진 이후

나는 다시 시를 쓰기 시작했지만

그것은 이미

죽은 자의 노래가 아닌가

― 졸시 「죽은 자의 노래 1」 전문

94년 철도·지하철 공동파업으로 동지들이 모두 해고되고 전출당하고, 살아남은 나는 95년 선거를 준비하다 쓰러졌다.

"한 번 쓰러진 사람은 또 쓰러져요."

의사인 사촌동생이 조심하라고 말했다.

선거를 앞두고 또 쓰러졌다. 하지만 삐라쟁이를 그만둘 수 없었다. 어느 날 삐라를 만들다가 쓰러져 그렇게 죽을지도 모른다는 공포가 나를 쫓아다녔다. 그런데 이제 눈이 안 보이는 것이다. 내 일을 물려받을 '어벙한 제자'를 수소문했다. 그리고 '고별공연'을 기획했다. 그렇게 '하산'을 준비했다.

나는 20년 가까이 삐라만 만들었다. 민주주의혁명을 위하여, 사회주의혁명을 위하여, 신자유주의반대투쟁을 위하여……. 억세게도 운이 좋은 나는, 세 번의 멋진 투쟁에 꼽사리낄 수 있는 영광을 가졌다. 하지만 나는 민주주의자도, 사회주의자도, 신자유주의반대론자도 아니었다. 삐라쟁이였을 뿐이다.

생각해보면, 삶의 갈림길을 만나면 자본론을 읽었다. 너무 부끄러워서, 너무 슬퍼서, 너무 심심해서……. 그리고 다시 일을 시작했다. 하지만 이제 다시 삐라를 만들 생각은 없다. 나는 너무 오랫동안 삐라를 만들었기 때문에, 이제 삐! 소리만 나면 소름이 돋는다.

— 『정세와 노동』 2005년 10월호

이사

경기도 광주시 초월읍 무갑리에는 기차가 없다.

지하철 2호선 강변역이나 잠실역, 5호선 천호역, 강동역, 분당선 모란역, 중앙선 덕소역이나 양평역, 경부선 수원역에 내려서 여러 번 버스를 갈아타야 무갑리에 갈 수 있다. 광주 시내에서도 한 시간에 한 번꼴로 무갑리행 버스가 다닌다.

철도노동자인 내가 기차역에서 먼 무갑리까지 이사를 간 까닭은 크게 두 가지다. 나는 노동조합에서 선전홍보 일을 꽤 오랫동안 해왔는데, 어느 날 갑자기 눈이 보이지 않았다. 돋보기를 끼고도 인쇄활자나 모니터 화면을 10분 이상 볼 수 없었다. 내 몸이 시키는 일이니 쉬어야 했다.

활자와 화면이 보이지 않으니 가족이 눈에 보였다. 아이들은 하루하루를 고통스럽게 학교에 다니고 있었다. 나는 아이들을 학교로부터 탈출시킬 생각을 했고 아이들은 동의했다.

지금은 경기도 하남시에 있지만, 곧 경기도 광주시 퇴촌면 원당리로 옮길 대안학교 '푸른숲학교'에 아이들은 편입했다. 원당리와 무갑리는 바로 옆 동네이다.

아이들은 쉽게 학교를 옮겼지만, 내가 직장을 옮기는 것은 쉽지 않았다. 십 년 가까이 친형제처럼 지내던 동료들과 헤어지는 게 너무 힘들었다. 슬프고 괴로웠던 일들만 자꾸 생각이 났다.

"나도 좀 쉬어야지……."

붙잡는 동료들에게 이 말을 하면 더 이상 말이 없었다.

아이들은 학교를 옮기는 데 성공했다. 무엇보다 말 수가 늘었고 얼굴이 활짝 피었다. 학교가 고통을 주기도 하고 행복을 주기도 한다는 사실이 놀랍기도 하면서 끔찍했다.

나는 직장을 옮기는 데 실패했다. 노동조합 선전홍보 일을 또다시 하게 됐다. 시력이 회복돼서가 아니라, 눈이 좋은 후배들의 눈을 망가뜨리는 나쁜 일을 잠시 맡게 됐다. 가을이 오기 전에 나는 무갑리에서 그나마 가까운 기차역으로 직장을 옮길 것이다.

경기도 광주시 초월읍 무갑리에는 기차가 없다.

철도노동자인 내가 기차역에서 먼 무갑리까지 이사를 간 까닭은 크게 두 가지가 아니라, 작게 한 가지다. 벗어나고 싶었다. 도피나 탈출이 아니라, 한 발쯤 비껴서 도대체 나는 누구인지, 무엇을 바라고, 무엇을 하고 있는지 곰곰이 생각하고 싶었다.

누구나에게 그런 바람이 있을 것이다. "돌아가야 한다. 내 형제들의 곁으로"가 아니라, "떠나야 한다. 내 형제들의 곁을"이라는 생각이 들 때가 있을 것이다. 그런데 돌아갈 곳도, 떠날 곳도 "내 형제들의 곁"이니 한 발쯤 비껴서기도 어려운 일이다.

집을 옮기고, 학교를 옮기고, 직장을 옮기고, 생각을 바꾸고, 마음을 바꾸고, 자세를 바꾸고, 태도를 바꾸면서 우리는 "내 형제들의 곁"을 맴도는 게 아닌지……. 이사를 하면서 그런 생각이 들었다.

* "돌아가야 한다. 내 형제들의 곁으로"는 전태일의 일기에서 가져왔다.

—『프레시안』2007.3.28.

키 작은 해바라기

비가 오면 생각나는 사람이 있다.

아픔과 절망으로 몸살을 앓던 젊은 날, 비처럼 슬픔처럼 내 곁에 다가와 아주 조용히 머물다간 사람. 지금도 들길을 걷다 아주 슬픈 빛깔로 서 있는 키 작은 해바라기를 발견하면 걸음을 멈추고 옛 생각에 젖어들곤 한다.

세상이 아름답다고 믿었던 시절은 내게 그리 길지 않았다.

아주 어렸을 때부터 시인이 되고 싶었다. 아름다운 세상의 한 귀퉁이에 초라한 모습으로 서서 아름다움을 노래하고 싶었다. 하지만 세상에 눈뜨기 시작하면서 세상이 아름답지 않다는 걸 알아버렸다. 아름답지 않은 세상에서 시를 쓸 수는 없었다. 나는 시를 버렸다. 그리고 쫓기듯이 군에 입대했다.

군대생활은 잿빛이 아니었다. 전방의 부대 주둔지는 아름다웠다. 부대 한가운데로 냇물이 흐르고 담을 타고 강물이 지나갔다. 강안개 사이로 빨갛게 노을이 지고 새벽안개를 헤치고 태양이 타올랐다. 너른 풀밭엔 이름 모를 풀들이 지천으로 널려 있었다.

동료들은 풀밭을 뒤져 네잎클로버를 따오곤 했다. 밤새 끄적인 편지에 행운의 네잎클로버를 붙여 그리운 사람들에게 보내곤 했다.

내 슬픈 추억은 네잎클로버로부터 시작되었다.

끝없는 절망의 나날을 보내고 있던 나는 어느 날 문득 한 가닥 희망의 싹을 가슴에 틔웠다.

"네잎클로버를 딸 수 있다면 다시 시를 쓸 수 있을까?"

아주 어렸을 때부터 내 인생의 모든 것이었던 시를 버린 이후, 나는 삶의 의미를 상실하고 괴로워했다. 만일 세상이 아름답지 않다면 시인은 세상의 추악함을 노래해야 하지 않는가. 사람들로 하여금 아름다움을 꿈꾸게 해야 하지 않는가. 다시 시를 쓰고 싶었다. 시를 버린 이후 사실 나는 시를 다시 쓰기 위해 괴로워했는지도 모른다.

틈만 나면 풀밭을 헤매었다. 너른 풀밭이 갈색으로 물들어 가면 초조해 했다. 눈발이 휘날리고 온 세상이 하얗게 뒤덮이면 절망했다. 새봄이 찾아와도 기쁘지 않았다. 꼭꼭 숨어버린 네잎클로버는 끝끝내 내게 미소를 보내지 않았다.

행운의 여신은 아주 오랜 세월이 지나 느닷없이 다가왔다.

제대하고도 들판을 헤매는 버릇은 없어지지 않았다. 들길을 무심히 걷던 어느 날 키 작은 해바라기들이 피어 있는 숲가에서 나는 네잎클로버 한 무더기를 발견했다. 한두 개가 아닌 열 몇 개를. 나는 길길이 날뛰었다.

내가 다시 시를 쓸 수 있게 된 사실을 자랑하기 위해 나는 거의 하루도 빼놓지 않고 드나들던 서점으로 달려갔다.

"형! 형, 이거 보라구. 네잎클로버야. 이게 다 네잎클로버란 말이야!"

나는 고래고래 소리를 질렀다.

"이 녀석아, 좀 조용히 못하겠니?"

서점 주인이 목소리를 깔았다.

서점 주인은 한때 문예물을 간행하던 출판사를 버리

고 지리산으로 계룡산으로 도를 닦으러 떠돌던 자칭 3류 도사였다.

"자, 인사를 해야지."

도사가 서점 한구석을 가리켰다.

아! 아주 슬픈 빛깔이었다. 서점 한편 나무의자에 앉아 있는 긴 머리 소녀를 바라보며 나는 키 작은 해바라기를 떠올렸다.

머리를 박박 깎고 고무신을 질질 끌며 나타나 길길이 날뛰는 내 모습이 우스운지 키 작은 해바라기는 손으로 입을 가린 채 키득거리고 있었다.

만취가 되어 집에 돌아온 나는 며칠을 꼼짝 않고 시를 써 갈겼다. 몇 년 동안 꾹꾹 눌러온 봇물이 한꺼번에 터져 나왔다. 시를 썼으니 발표를 해야 했다. 시를 밤새 정리한 나는 우체국으로 달려갔다.

"안녕하세요?"

아! 우체국 앞에서 나는 키 작은 해바라기를 다시 만났다.

엉거주춤 답례를 한 나는 원고뭉치를 부둥켜안고 허둥지둥 우체국 안으로 달려 들어갔다.

그 후 이따금씩 나는 서점에서 키 작은 해바라기를

만날 수 있었다. 밤이 깊어지면 집까지 바래다주는 날도
있었다. 그렇게 늦은 어느 날 밤길에서 우리는 슬픔처럼
내리는 비를 맞았다.

"비를 좋아하시나요?"

영화의 한 장면처럼 나는 목소리를 깔았다.

키 작은 해바라기가 고개를 끄덕였다.

"그럼 우리 비오는 날이면 만나기로 하죠."

키 작은 해바라기가 고개를 끄덕였다.

아, 나는 뛸 듯이 기뻤다. 바야흐로 장마철이 다가오
고 있었다.

하지만 내 기쁨은 오래가지 않았다.

비오는 날의 첫 만남은 마지막 만남이 되고 말았다.
파란 비닐우산을 쓰고 우리는 길을 걸었다. 음악이 흐르
는 카페에서 커피를 마시고 슬픔이 가득한 맥주잔을 기
울였다.

비오는 날 키 작은 해바라기를 다시 만날 수 없다는
말은 도사가 전해줬다.

내가, 내 괴로움이 너무 커서 감당할 수 없다는 말이
었다. 나는 인정할 수 없었다. 비오는 날이면 서점으로 달
려가 술을 퍼마셨다. 늦은 장마가 지나가도록 키 작은 해

바라기는 나타나지 않았다.

그해 겨울 어느 날, 술에서 깨어 눈을 비비고 창밖을 보니 첫눈이 내리고 있었다.

"눈이나 비나 날이 추울 뿐이지 그게 그거 아닌가."

나는 서점으로 달려갔다. 키 작은 해바라기는 나타나지 않았다. 술을 퍼마셨다. 비틀거리며 돌아온 추운 방에는 내 시가 당선됐다는 전보가 기다리고 있었다. 나는 그렇게 시인이 됐다.

—『삶이 보이는 창』 1998년 창간호

소설가의 조카

　"난장이가 쏘아올린 작은 공을 쓰신 조세희 선생님"
이 내 외삼촌이다. 나는 "조세희 선생님"이 하필이면 내
외삼촌인 게 싫었다.

　1984년 나는 시인이 됐다. 그런데 어딜 가도 나는 "난
장이가 쏘아올린 작은 공을 쓰신 조세희 선생님의 조카"
로 소개 됐다. 나도 시인인데, 소설가의 조카라니! 나는
자존심이 몹시 상했다.

　2006년 3월 4일 철도노조는 총파업투쟁을 철회하고
현장으로 복귀했다. 하지만, 철도공사에 직접고용을 요
구하며 함께 파업에 들어갔던 KTX열차승무지부는 파
업을 지속하기로 결정했다. 원주지역 거점농성을 벌이던

KTX열차승무지부는 장기투쟁을 위해 거점에서 철수하여 철도노조 사무실에 농성장을 꾸렸다. 승무원들이 집기를 들어내고 바닥에 스티로폼을 깔고 있었다.

'비정규직 철폐를 위한 문화예술인선언' 기자회견 참석을 권유하는 작가회의 자유실천위원회 위원장인, 소설가 이인휘의 전화가 걸려왔다.

"야, 근데 ……, 우리 노조 KTX여승무원들이 파업 중인데, 신경 좀 써줘."

이인휘는 기자회견 전 5분을 줄 테니 시낭송 하나 하라고 말했다.

전화를 끊자마자 시를 써내려갔다.

"동작 그만!"

갑작스런 외침에 여승무원들이 하던 일을 멈추고 일제히 나를 쳐다봤다.

KTX 여승무원이 되고 나서

나는 껌을 씹지 않는다

컵라면도 통조림도 먹지 않는다

봉지 커피도 티백 보리차도

드링크도 탄산음료도 마시지 않는다

물티슈도 내프킨도 종이컵도
나무젓가락도 볼펜도 쓰지 않는다

눈이 하얗게 내리던
크리스마스이브
아스테이지에 돌돌 말려
빨간 리본을 단
장미 한 송이 받아들고
나는 울었다
한 번 쓰고 버려지는 것들이
가여워서
눈물이 났다

제복을 입고 스카프를 두르면
어느 삐에로의 천진난만한 웃음보다
따뜻하고 화사하게 웃어야 했지만
웃으면 웃을수록
자꾸자꾸 눈물이 났다

사는 것이

먹고사는 것이
힘든 줄은 알았지만
이렇게 구차하고 비굴하고
가슴이 미어질 줄은 몰랐다

KTX 여승무원이 되고서야 나는
이 세상이
한 번 쓰고 버려지는 것들의
눈물이라는 걸 알았다
흐르고 넘쳐
자꾸자꾸 밀려오는
파도란 걸 알았다

여승무원들이 흐느끼고 있었다. 시에 그림을 앉힌 삐라 50마리를 만들었다.

기자회견 전에 여승무원이 시낭송을 했다. 펼침막을 들고 있던 여승무원이 눈물을 흘렸다. 기자들이 눈물을 흘리는 여승무원에게 몰려들었다. 삐라 50마리는 순식간에 팔렸다. 삐라 50마리는 기사로, 인터넷으로 확산되며 새끼의 새끼를 낳았다.

그날 이후 난, "난장이가 쏘아올린 작은 공을 쓰신 조세희 선생님의 조카"가 아니라 "KTX 여승무원이 되고 나서를 쓰신 김명환 선생님"으로 소개된다.

—『자율평론』 47호 2016년

노동해방문학

"김사인이라고 아니?"

조세희 선생이 밤늦게 전화를 걸었다. 구로3공단 신
발공장에 다니고 있을 때의 일이다.

"나한텐 후배고, 너한텐 선밴데, 걔가 문예지를 하려
고 하는데, 네가 좀 도와줬으면 좋겠다."

외삼촌이 뭘 하라고 한 건 처음이었다.

초등학교 5학년 때의 일이다. 우리 집 2층에서 외삼촌
이 글을 쓰며 지냈다.

"내 꿈이 뭔지 아니?"

"뭔데?"

"문예지야, 멋진 문예지!"

아주 어렸을 때부터 우상이었던 외삼촌의 꿈이 소설이 아니라, '멋진 문예지'라는 건 그때 알았다. 그에게 꿈을 펼칠 기회는 오지 않았다.

"그럼, 해야죠."

전화를 끊었지만, 김사인이 탐탁지 않았다. 광산지역에 있을 때 그는 나에게, 빨치산 선배들을 간신히 조직했으니, 함께 지리산에 들어가 옛 투쟁을 문학적으로 복원하자는 제안을 한 적이 있었다. 솟구쳐 오르는 노동자 투쟁의 현장에 있던 내가, '현실의 시인'이기도 벅찬 내가 할 일은 아니라고 생각했다.

"김사인이 누구냐!"

시도 때도 없이 걸려오는 전화 때문에 잠을 잘 수 없다고, 다시는 전화가 오지 않게 하라고, 아버님은 처음으로, 밤늦게 들어온 내게 짜증을 냈다. 다음날 당장 만나자고 전화를 했다.

아! 그는, 지난 몇 년 동안 내가 현장을 돌아다니며 해왔던 일들을, 이제 조직적으로 하자는 제안을 했다. 혼자가 아니라 조직이, 현장투쟁과 결합하여 문예활동과 선전활동을 하자고, 그걸 내가 맡아달라고 했다.

문예선전활동가, 현장에서, 예술을, 선도적으로!

나는 예술적으로 훈련된 활동가, 탁월한 선전선동 능력을 가진 예술가, 현장에 뿌리박고 끊임없이 투쟁하는, 현장 동지들과 함께 한발 한발 전진하는 그런 운동을 꿈꿨다.

다시는 전화를 걸지 말라고 말하기 위해 그를 만나러 갔던 나는, 다음날 그에게 전화를 걸어, 제안을 받아들이겠다고 말했다.

『노동해방문학』 문예란을 채우는 일, 문인들을 조직하는 일, 현장 문예조직과의 연대사업 등 눈코 뜰 새 없는 나날이었다. 상반기 임투에도 결합해야 했지만 역량이 안됐다. 움직일 수 있는 나는 구로지역, 소설가 김하경 선생은 마창지역을 맡았다. 그때 파견된 김하경 선생은 복귀하지 않고 아예 마창사람이 되어버렸다.

KDK노조 파업투쟁에 결합해 문예선전작업을 하던 내게, 분신한 서광노조 김종수 열사 장례투쟁에 결합하라는 연락이 왔다.『노동해방문학』 문예창작부 시인 다섯 명이 다섯 편의 추모시를 써 추모삐라 500마리를 만들었다. 영결식에서 노래패의 추모가 중간 중간에 추모 시가 낭송됐다. 영결식장은 울음바다가 됐다.

그 인연으로 '노동자노래단' 테잎음반 '전노협진군가'에 참여하게 됐다. 노래 중간 중간에 시를 하나씩 집어넣는 일이었다. 마땅한 시가 없으면 새로 썼다. 첫 시는 정인화 시인에게 맡겼다. 정인화 시인은 전노협출범기념시「강이 되어 간다」를 보내왔다. 음반은 폭발적인 반향을 일으켰다.

10년쯤 뒤 전국노동자문학회 시낭송회 찬조출연을 부탁하러 '꽃다지'를 방문한 적이 있다. 바쁜 일정으로 출연이 불가능하다는 대답이었다.

"실은 제가, 꽃다지에게 받을 빚이 좀 있거든요……."

꽃다지가 노동자노래단이었던 시절 '전노협진군가' 멘트작업을 내가 했다고, 그때 나도 바쁜 일정으로 작업이 불가능했었다고 말했다.

"아, 선생님! 저희가 모든 일정을 취소하고 가겠습니다."

그 음반 때문에 노래운동을 하게 된 동지가 여럿이었다고 한다.

『노동해방문학』 5월호에 실린 이정로 동지의 기고가 문제가 되어, 국가보안법 위반혐의로 발행인 김사인 동지와 편집장 임규찬 동지가 구속됐다. 불똥은 나에게도 튀었다.

창간호가 나오자 나는 20부를 사북노동상담소에 보내 판매를 부탁했다. 창간호는 한 부도 팔리지 않고 반품됐다. 열차소화물로 온 책을 영업부에서 찾아가지 않자 다시 반송돼 상담소로 갔다. 상담소가 다시 반송한 책을 영업부가 또 안 찾아가자 또 반송됐다. 그렇게 몇 달이 지난 후 광산지역 노동운동 탄압으로 상담소 압수수색이 있었고, 구속된 동지에게 이적표현물 소지 혐의가 추가됐다. "노동문학사 김모씨(30세)에게 20부를 받아 광산지역에 배포하려고 소지한 혐의"라는 기사를 읽으며 나는 흥분했다. 국가보안법 위반혐의를 받고 있는 『노동해방문학』은 5월호고, 상담소에 있던 『노동해방문학』은 창간호였다. 검찰의 바보 같은 실수를 친절하게 알려줘야 했다. 나는 항의성명을 써 광산지역 운동단체와 춘천지방검찰청 영월지청에 팩스를 보냈다. 그 바보 같은 팩스질로 나도 쫓기는 몸이 되었다.

광산지역 형사가 나를 잡으러 서울로 왔다. 제작국 사

무실 위층에 있는 어두운 조명의 이발소에서 내 사진을 들고 죽치고 있다고, 이발소 화장실에서 가끔 마주치던 핼쑥한 얼굴의 짧은 커트머리 아가씨가, 제작국 동지에게 귀띔을 해 주었다고 한다. 나는 그것도 모르고 광산지역 취재를 떠났다. 인연이 닿지 않은 것이다. 안전한 곳으로 피하라는 연락이 왔을 때 나는 이미 취해있었다.

경찰서 조사를 받고 나오면서 상담소에 들른 동지가 술을 마시고 있는 내게 빨리 피하라고 했다. 형사가 내 사진을 보여주며 이 새끼를 빨리 잡아야 된다고 투덜거렸다는 것이다. 조금만 더 마시고 새벽 첫차로 떠나려던 나는 취해서 뻗어버리고 말았다. 다음날 해가 중천에 떠서야 헐레벌떡 광산지역을 떠났다.

발행인과 편집장이 감옥에 있는 동안 편집위원회는 유명무실해졌다. 수배중인 편집주간 조정환 동지가 보내오는 기획안이 편집국 회의를 거쳐 확정됐다. 몇 달 뒤 두 사람이 집행유예로 나왔지만 사정은 달라지지 않았고, 발행인은 알 수 없는 이유로 잠수를 탔다. 그 사이 많은 사원들이 활동을 중지하거나 사표를 제출했다. 몇몇 사원은 연명으로 성명서를 발표하고 퇴각하기도 했다.

『노동해방문학』은 점점 '멋진 문예지'로부터 멀어지고 있었다. '보이지 않는 곳'에서 기획되고 집필된 원고들을 제작하는 '보이는 곳'으로 전락하고 있었다. 힘들게 만들어진 문예지가 망가지고 있다고 생각하니 분하고 원통했다. 이번에 실패하면 멋진 문예지를 만들 기회는 다시 오지 않을 것 같았다.

나는 '총회소집투쟁'을 기획했다. 노동문학사 사원총회를 소집해 '보이지 않는 곳'으로부터 '멋진 문예지' 『노동해방문학』을 되찾을 생각이었다. 몇몇 동지와 함께 사원 성향분석을 했다. 개개인의 입사경로를 추적했다. 활동을 중단한 사원들까지 총동원하면 승산이 있다고 판단한 나는 잠수중인 발행인을 만났다.

"그만 둬……."

발행인이 일언지하에 거절했다. 다수의 입사경로가, '보이지 않는 곳'으로부터 '보이는 곳'으로 경로를 거치며, 세탁되어 있었다는 사실을 나는 까맣게 모르고 있었다.

"그럼, 퇴각명령을 내리시지요."

"각자 알아서 퇴각!"

나는 문예창작부 송별회를 소집했다. 나는 그렇게, 열정과 헌신의, 절망과 좌절의, 내 젊은 날과 작별했다.

—『자율평론』 48호 2016년

바꿔야 산다

2000년 1월 14일, "간접선출 된 대의원 결정사항은 무효"라는 대법원 판결이 나왔다. 판결은, 세 번에 걸친 간접선출을 통해 임원을 선출해오던 철도노조에, 본격적인 직선제규약개정투쟁을 예고하고 있었다.

철민추(철도민주노조추진위원회) 사무실에 들렀다. 마침 해고동지 구호사업으로 판매할 북한술이 들어오는 날이라 어수선했다. 직선제투쟁에 대해 한 마디도 꺼내지 못하고, 북한술 구매대금 지급보증만 서고 왔다.

호소문 '노동귀족의 종말을 위한 협주곡'을 써 철민추 사무실에 팩스를 보냈다. 소식지에 실어도 되냐는 철민추 사무국장 이철의 동지의 전화에, 필자의 실명을 밝히는 조건으로 수락했다.

"그런데, 직선제투쟁 선전팀이 구성되면 같이 하고 싶은데요."

나는 벼르던 말을 꺼냈다.

"아이구! 감사합니다."

하지만 이철의 동지의 연락은 오지 않았다. 휴대폰만 쳐다보며 며칠을 보낸 나는 직선제 비대위(위원장 직선제 및 철노 민주화를 위한 비상대책위원회) 운수쪽 대표를 맡고 있던 구로열차 유기천 지부장에게 부탁했다.

"고맙습니다."

지부장이 짧게 대답하며 환하게 웃었다. 다음날 직선제 비대위 집행을 맡고 있는 김병구 동지의 전화가 왔다. 그는 내게 직선제투쟁 선전팀에서 일해 달라고 했다.

"영광입니다!"

나는 짧게 대답했다.

아름답게 만든다! 정확하게 만든다! 돈을 아끼지 않는다!『바꿔야 산다』편집방침으로 세 가지 원칙을 제시했다. 제작은 서울동차투쟁으로 해고된 윤윤권 동지가 맡았다. 논설과 정세는 이철의 동지가 주로 썼다. 기사는 공투본(전면적 직선제 쟁취를 위한 공동투쟁본부) 지도부와 상황실 상근자들이 쓴 것을 내가 기사체로 바꿨다. 만평과 일러스트는 격월간지 『삶이 보이는 창』 일러스트를 맡고 있던 최정규 화백이 맡았다.

초고를 판에 앉히고, 초교를 출력한 다음 교정 교열 윤문을 했다. 판을 정리해 2교, 3교, 4교……, 끝없이 출력하고 판을 바꾸고 교정하고 또 출력하고 판을 바꾸고 교정하고, 나는 젖 먹던 힘까지 다해서 『바꿔야 산다』를 만들었다. 승무를 하고 쉬는 시간에 기사를 쓰고, 퇴근하면 상황실에 가 교정을 봤다. 자료가 필요하면 도서관으로 달려갔다. 작업 중에 졸릴까봐 밥을 먹지 않았다. 먹을 기회가 생기면, 언제 또 먹게 될지 모르니 그 식당에서 제일 비싼 걸 먹었다. 나중에 후회하지 않는다! '처음이자 마지막 편집장'이라고 스스로에게 다짐했다.

『바꿔야 산다』는 불티나게 팔렸다. 운동권의 주장 일색인 유인물과 다르게, 기사체 문장은 객관적이라는 착시현상을 불러일으켰다. 금방 직선제가 될 것처럼, 대세가 이미 직선제인 것처럼 객관을 가장했다. 당당한 논조로 도덕적 우위를 과장했다. 선전이 조직이고 조직이 선전인 영광을 『바꿔야 산다』는 누리고 있었다. 하지만, 배포 속도를 제작 속도가 따라잡지 못했다. 역동적인 투쟁의 속도도 제작 속도가 따라잡지 못했다. 사건을 쫓아가기에도 벅찼다. 꿈속에서도 『바꿔야 산다』를 만들었다.

2월 22일 저녁 9시경 공투본 농성장을 괴한들이 습격해 농성장은 피바다가 됐다. 밤새 호외를 만들었다. 마지막 교정쇄를 막 넘기려는 순간 다시 공투본이 농성장을 탈환했다는 연락이 왔다.

에이, 씨발! 삐라나 뿌리고 탈환하지……. 나는 투덜대며 다시 호외를 만들기 시작했다.

이번에는 한국노총이 농성장 습격 계획을 세웠다. 조직동원 문건이 입수됐다. '특종'이었다. 특종에 흥분한 나는 제보된 팩스를 원본 그대로 보도하는 실수를 저질렀다. 제보자는 큰 곤경을 치렀다. 그 빚을 갚기 위해 나는 몇 년 뒤 발전노조 설립 선거 홍보를 맡았다.

『바꿔야 산다』의 특종으로 한국노총의 계획은 무산됐다. 해방공간의 노동운동처럼 쇠파이프와 각목이 날아다니는 철도노조의 현실을 보면서 문득 '무협지' 생각이 났다. 어떤 무협지보다 재미있을 거 같았다.

'김명환정통무협소설' 타이틀을 걸고 「철노제일검」을 연재하기 시작했다. 제1화가 나가고 바로 『바꿔야 산다』

편집권을 박탈당했다. "조합원의 피 같은 돈으로 장난을 하고 있다."는 비난이 쏟아졌다. 앞으로 『바꿔야 산다』는 지도부 검토 후에 인쇄하라는 통보를 받았다. 나는 편집권 박탈을 해임으로 받아들이겠다고 통보하고 파업에 돌입했다.

딱 보름 후에, 나는 꼬랑지를 내리고 검열을 받아들이겠다며 기어들어가, 『바꿔야 산다』를 다시 만들었다. 공투본 공동대표 이영익 동지가 검열관에 선정됐다.

"그냥 알아서 하세요."

검열을 하러 상황실에 들른 그는 『바꿔야 산다』는 쳐다보지도 않았다. 그의 덕에 「철노제일검」은 무사히 연재를 마칠 수 있었다.

조합원들의 폭발적인 투쟁에 밀린 철도노조는 3월 7일 직선제로 규약을 개정했다. 53년 만에 임원선출권을 조합원이 갖게 된 것이다.

철도노조와 철도청의 공격을 막아 민주노조진영의 조직력을 보존하는 '시즌2'가 시작됐다. 철도청은 지도부를 줄줄이 소환했다. 나에 대한 감시와 미행도 부쩍 늘었다.

공투본은 부산에서 열린 철도노조 민영화반대집회
에 참여했다. 호외를 만들기 위해 지도부로부터 기사를
받았다. 기사는 철도노조에게 협상을 구걸하는 내용이
었다. 초교를 시뻘겋게 물들이며 당당한 논조로 바꿨다.
2교, 3교, 4교……, 밤새 교정을 보고 구로로 돌아와 승
무를 했다. 1시간 30분 휴식이었다. 신도림에 있는 상황
실로 OK교정을 보기 위해 출발했다. 그런데 얼핏 스친
갈색 재킷이 수상했다. 다른 사람과 스칠 때 꼭 눈을 마
주치는 버릇이 있다. 그러면 그 눈과 다시 마주칠 때 신
기하게도 기억이 난다.

육교 계단을 내려와 오른쪽으로 꺾었다. 갈색 재킷도
꺾는다. 다시 왼쪽으로 꺾자 갈색 재킷도 따라온다. 에이,
씨발! OK교정은 물 건너갔군……. 구로에서 신도림으로
넘어가는 달동네 고갯길을 이리 꼬불 저리 꼬불 맴돌았
다. 간신히 한 사람이 지나갈 정도의 좁은 골목으로 꺾
자마자 철대문 앞에 숨었다.

"까꿍!"

갈색 재킷 앞으로 쑥 나서며 양 손의 손가락을 벌려
양 볼에 대고 활짝 웃었다. 갈색 재킷은 뒤도 안 돌아보
고 줄행랑을 놓았다.

구로에 돌아와 OK교정 없이 인쇄를 걸라고 전화했다. OK교정 없이 잉크를 바른『바꿔야 산다』는 치욕의『바꿔야 산다』가 되고 말았다. 윤윤권 동지의 실수로 철도노조에 협상을 구걸하는 초교가 인쇄된 것이다.

지도부에 대한 징계와 구속이 잇따르자 조합원들은 위축됐다. 수세에 몰린 지도부는 40미터 철탑에 올라 부당징계에 항의하는 농성에 돌입했다. 대중투쟁의 국면이 징계최소화를 위한 여론전으로 바뀐 것이다. 나는『바꿔야 산다』가 할 일이 끝났다고 판단했다.

도서관에 가서 에밀 졸라의『나는 고발한다』를 복사했다. 드레퓌스에 대한 억울한 누명과 프랑스 관료들의 유대인 혐오를, 공투본 지도부에 대한 억울한 누명과 철도청 관료들의 민주노조 혐오로 패러디했다. 에밀 졸라는 3일에 걸쳐 썼지만, 패러디하는 데 7일이 걸렸다.

매체에 발표해야 했다. 매체에 발표함과 동시에, 에밀 졸라의『나는 고발한다』가 실렸던 '롤롤로'지 판형 그대로 철도판을 만들어, 대량으로 인쇄해 시민들에게 뿌릴 계획을 세웠다.

『월간조선』에 투고했다. 거절당하자 월간『말』에 투

고했다. 거절당하자 『한겨레21』에 투고했다. 철도판 『나는 고발한다』는 끝내 매체를 구하지 못했고, 지도부는 철탑에서 내려와 명동성당 농성에 합류했다.

몇 년 후, '조선일보 기고 거부 문인성명' 참여를 묻는 송경동 시인의 전화가 왔다. 공투본 시절 『월간조선』에 투고했던 기억이 떠올랐다. 고상한 말로 '투고'지, 사실은 '청탁'이었다.

"여보세요, 여보세요! 전화가 왜 이러지? 여보세요, 여보세요, 여보세요……."

전화를 끊어버렸다. 이마에서 진땀이, 등짝에서 식은 땀이 흘렀다.

공투본 지도부가 명동성당 단식농성을 끝내자, 지도부에게 송별회를 요구했다. 마지막까지 책임을 다한 지도부 덕에, 나 또한 여한 없이 퇴각할 수 있었다. 단식 후 막 복식을 시작한 지도부는 어쩔 수 없이 술을 마셔야 했다. 나는 그렇게, 처음이자 마지막이었던, 내 빛나는 편집장 시절과 작별했다.

—『자율평론』49호 2016년

비창

"이제는 노는 물이 달라져서 운동을 잘 못 배운 나는 버티기가 힘이 든다. 노동자는 하나다. 젊을 때 이렇게 배워 평생을 믿고 살았건만 이제는 그렇지 않다. 그렇게 믿는 일부 사람이 있을 뿐이다. 한국사회에서 비정규직은 한국판 수드라이다. 불가촉천민이다. 노동운동판도 마찬가지다. 입으로는 연대, 단결, 투쟁을 말하지만 경제적 이해가 엇갈리면 유유상종. 비정규직끼리 내몰릴 뿐이다. 철도도 마찬가지. 겉으로는 웃으며 악수를 하지만 실은 위험하고, 번거롭고, 귀찮은 존재일 뿐. 비정규직 조합원이 사망했다. 그 원인을 나는 말할 수 없다. 그 조합원들은 해고된 지 9년. 마지막 투쟁을 끝으로 투쟁을 접었다."

철도노조 서울지방본부 교육국장 이철의 동지의 문자메시지를 보는 순간, 예리한 칼날이 가슴을 사선으로 그으며 천천히 내려갔다. 눈을 감았다.

2006년 3월, 파업 중인 KTX열차승무지부로부터 시민홍보물 의뢰가 들어왔다. 2005년 말부터 한사코 거절했었지만, 그날따라 이상하게, 덜컥 수락했다.

마침 결혼을 앞둔 여승무원 인터뷰가 신문에 실렸다. 슬픈 결혼식! '눈물의 웨딩드레스'로 가기로 했다. 결혼을 앞둔 여승무원에게 글을 부탁했다. 여승무원이 이철 사장에게 쓴 편지는 가슴을 쥐어뜯었다. 슬픈 결혼식 연출 사진을 찍자고 하자 여승무원이 난색을 표했다. 할 수 없이 연극패에게 대역을 부탁했다. 용산 철도노조 웨딩홀에서 예복을 빌려 입고 촬영을 했다. 여승무원들이 하객으로 출연했다.

편집을 하는 내내 디자이너가 눈물을 흘렸다. 영화 리플릿을 패러디한 '눈물의 웨딩드레스' 3만 마리를 서울역 집회에 떨궜다.

'눈물의 웨딩드레스'는 시민들을 만나지 못했다. 여승무원들이 배포거부를 했다. 나는 공황상태에 빠졌다.

3만 마리를 수거해 2만9천 마리를 파쇄했다. 백 마리는 철도노조 자료실에 처박고 9백 마리를 화장하러 동해바다로 갔다. 이른 봄 저녁바다는 쓸쓸했다.

"좀 어떠세요?"

철도노조 교선실장 조연호 동지가 물었다.

"삐라에 정 띠려고 그런 거 같아……."

아트지 코팅이 파랗게 타올랐다. 삐라 한 마리를 파란 불빛에 던졌다. 다시 파란 불꽃이 일었다. 꼬박 20년을 삐라만 만들며 살아왔다. 한 순간에 이렇게 재가 되는 걸 죽어라고 만들어 댔으니……. 삐라 한 무더기를 불빛에 던졌다. 하얀 연기가 피어나는 삐라 위에 소주를 부었다. 다시 파란 불꽃이 일었다.

철도노조 서울지방본부에서 KTX승무지부장 김승하 동지를 만났다. 파라솔 탁자에 앉았지만 말이 나오지 않았다. 이를 악물었다.

"어떻게 자살한 거죠?"

김승하 동지의 얼굴이 일그러진다.

"25층에서……."

숨이 막히고 가슴이 뛰었다. 눈물이 쏟아져 고개를

돌렸다.

"7월 10일 부산에서 촛불문화제가 있는데요……"

추모시를 청탁하는 김승하 동지의 전화가 왔다. 1989년 김종수 열사 이후 추모시를 쓰지 않았다. 시를 쓰려면 죽은 자의 넋과 만나야 하는데, 나는 너무 약했다.

"한번 써볼 게요. 기대는 하지 마세요."

대답은 했지만 자신이 없었다. 그래도 꼭 써야 할 거 같았다. 그래야 내가 살 거 같았다.

철도노조 자료실을 뒤졌다. 9년 전에 처박은 '눈물의 웨딩드레스'를 찾았다. 코팅이 스러지고 색이 바래 있었다. 이깟 종이쪼가리가 뭐라고…….

추모시를 쓰려면 죽은 자와 만나야 했다. 부산행 고속버스를 탔다. 수첩과 볼펜을 꺼냈다. 가슴 깊숙한 곳으로부터 오열이 터져 나왔다. 입을 막았다.

쓰고, 뜯어내고 다시 쓰고, 뜯어내고 다시 쓰고…….
추모공원에 가서도 쓰고, 뜯어내고 다시 쓰고, 돌아오는 고속버스에서도 쓰고, 뜯어내고 다시 쓰고…….

시에 그림을 앉힌 추모삐라 '비창' 200마리를 만들었
다. 표지 끝에 내 이름을 박았다. 내가 발행인인 삐라는
처음이었다. 삐라쟁이 30년을 남의 삐라만 만들며 살아
온 것이다. 그것이 내 삐란 줄 알고…….

부산역광장에서 촛불문화제가 열렸다. 시작하자마자
눈물이 쏟아졌다. 준비해간 여행용 티슈를 몽땅 써버렸
다. 마이크로 휴지를 부탁했다. 견딜 수 없었지만 시를 읽
어야 했다.

스물다섯에 KTX 승무원이 된 유난히 잘 웃던 아이
는 스물일곱에 해고돼 서른여섯에 생을 마감했다 나의
슬픔이 그 아이에게 조그만 위로도 될 수 없다는 것에
나는 절망한다 그 아이는 이제 여기에 없다

비창
— 어느 KTX 여승무원의 죽음을 슬퍼하며

2006년 3월 14일 서울역광장에서
나는 울었다

뿌려지지 않은 유인물

눈물의 웨딩드레스 3만부

해고당한 비정규직으로

웨딩드레스 입고 싶진 않다고

결혼 앞둔 승무원이 편지를 쓰고

슬픈 결혼식 연출사진 찍어 만든

꽁꽁 묶여 세상 못 본 유인물 풀어 태우며

나는 울었다

10년 지나

25층 아파트

끝 모를 어둠으로 넌

몸을 던졌다

그 10년

내가 너희들을 먼 기억의 저편으로

밀어낸 동안

무엇이 널 죽음으로 몰아갔을까

제복을 입히고 스카프를 두르고

화사하게 웃는 인형으로 만들어

이 회사 저 회사 내돌리며

비정규직 일회용품으로 쓰던 철도공사였을까

공기업부터 인건비 줄이라고 닦달하던 정부였을까

애원하는데 호소하는데 경찰 불러 끌어내던

국회였을까 정치인이었을까

승객들 안전 하고는 관련 없는

날품팔이라고 판결한 대법원이었을까

무서운데 외로운데 더 이상 버틸 힘없는데

끝내 손 잡아주지 않은 이웃들이었을까

그깟 유인물 안 뿌렸다고 외면한 나였을까

널 만나러 추모공원 가는 길

버스에 앉아 참회록을 쓰며 나는 울었다

어린 여자아이들이 울고 있다고

지금 이 아이들의 눈물을 닦아주지 않으면

눈물이 모두 말라 더 이상

울지 못하게 될지 모른다고 나는 썼었다

그런데 이제 넌 더 이상 울 수 없구나

널 외면한 난 이렇게 울고 있는데

넌 울 수 없구나

부산추모공원 가족봉안묘 6묘역

조그만 가족묘 제일 아래 오른쪽

네가 홀로 누워 있구나

먼저 간 너와 함께 묻히려고

가족들이 널 제일 아래 묻었구나

보고 싶다

편히 쉬어라

친구들이 만든 분홍색 리본 달고

꽃다발 놓여 있구나

네가 웃고 있구나

촛불문화제가 끝나자 사회자가 '비창'을 모아서 앞으로 전달해 달라고 했다.

"그 유인물 왜 수거한 거죠?"

민주노총 부산본부 지도위원 김진숙 동지가 물었다.

"글쎄요?"

알 수 없는 일이었다. 서울로 올라오는 KTX에서 김승하 동지에게 물었다.

"그 유인물이 버려지는 게 싫었어요."

　일행에게 캔맥주를 돌렸다. 저녁 안개가 끝없이 차창 밖으로 지나갔다. 나는 그렇게, 내 오랜 삐라쟁이 시절과 작별했다.

* 추모시 첫 구절은 오장환의 「병든 서울」에서 가져왔다.

—『자율평론』 50호 2016년

첫눈

산타클로스 할아버지는 오지 않았다.

낡은 괘종시계가 둔탁한 쇳소리를 내기 시작하자 지숙은 원고를 덮었다. 삼십 년도 넘었을 낡은 시계 소리는 사사건건 지숙을 괴롭혔다. 시간마다 울리는 종소리에 잠이 깨면 왔다 갔다 하는 시계추 소리에 밤잠을 설쳐야 했다. 날마다 열심히 태엽을 감는 민호가 어떨 땐 얄밉기까지 했다. 그러나 수십 번도 더 시계방에 다녀왔을 낡은 시계는 용케도 시간을 잘 맞췄다.

낡은 괘종시계의 둔탁한 쇳소리가 아홉 번이 나는 동안 지숙은 창가에 서 있었다. 창밖으로 길게 이어진 차량의 불빛들이 차도를 따라 흘러가고 있었다. 아파트 단지가 처음 들어섰을 때만 해도 꽤 오랫동안 버스를 기다려야 했을 정도로 한적한 동네였다. 하지만 지금은 자정이 지나서도 창문을 열기가 겁날 만큼 많은 차들이 지나다니고 있었다.

지숙은 느린 걸음으로 흘러가는 불빛 사이로 하얗게 내리는 탐스런 눈송이들을 바라보았다. 민수는 민호에게 동화책을 읽어주고 있었다.

하루 종일 날씨가 꾸물거리다가 초저녁 때부터 눈발이 비치기 시작하자 당황해 한 건 오히려 지숙이었다.

"우리 짜장면 먹으러 갈까?"

"아니."

민호가 시큰둥하게 말했다. 민수가 민호를 방으로 끌고 들어갔다.

겨우 짜장면이라니. 지숙은 책상에 앉아 원고를 넘겼다. 신정연휴 내내 원고와 씨름을 하는 편이 나을 것 같아 욕심을 내어 받아온 일이다. 살림에 크게 보탬이 되는 정도는 아니었지만 그나마도 일거리를 잡기가 힘이 들었다.

민호가 살금살금 기어나와 크리스마스트리에 불을 켰다. 지숙은 일어나서 거실 불을 껐다. 크리스마스트리의 작은 전구들이 꺼졌다 켜졌다 하며 금촛대와 은종과

방울들을 반짝이게 했다. 민호가 쳐다보지도 않고 방으로 들어갔다. 아직 화가 안 풀린 모양이다.

"우리 집엔 왜 산타클로스 할아버지가 안 와?"

성탄절이 이틀이나 지나서야 민호가 조심스럽게 말했다. 민수가 민호를 노려봤다.

"이제 곧 오실 거야."

"언제?"

"눈이 하얗게 오는 밤."

지숙이 말했다.

민수와 민호는 날씨가 제법 쌀쌀해지기 시작했을 때부터 성탄절을 기다렸다. 지숙이 화원에서 작은 소나무를 사왔다. 민수와 민호는 크리스마스트리를 정성껏 장식했다.

하지만 산타클로스 할아버지는 오지 않았다.

눈이 없으면 썰매를 탈 수 없다고 말해도 민호는 믿지 않았다.

"난 다 알아. 아빠는 나쁜 사람이야."

민호가 말했다. 민수가 민호를 때렸다.

"난 다 안단 말이야."

민호가 기어이 울음을 터뜨렸다. 민수가 민호를 방으

로 끌고 들어갔다.

누구를 탓할 수 있는 일은 아니었다. 민수와 민호는 아직 어렸다.

지숙이 아이들을 위해 해줄 수 있는 일은 없었다.

지숙이 처음으로 민수를 때린 날부터 민수와 민호는 눈에 띄게 기가 죽어 있었다. 이부자리를 개는 일부터 지숙의 눈치를 살폈다. 견딜 수 없는 답답함이었다.

아무리 화가 나더라도 때리지는 말았어야 했다. 민수와 민호가 겪는 고통을 지숙은 전혀 생각지 못하고 있었다.

지숙이 일거리를 맡아 집으로 돌아오던 길이었다. 아파트단지 놀이터에서 아이들이 놀고 있었다. 아이들이 던진 돌이 주차장까지 날아왔다.

민수와 민호가 저보다 큰 아이들에게 돌을 던지고 있었다. 큰 아이들은 판자쪼가리로 만든 방패와 각목을 들고 있었다.

"최루탄 투척!"

한 아이가 소리를 질렀다.

아이들이 민수와 민호에게 모래를 뿌리며 달려들었다. 민수와 민호가 달아났다. 민수와 민호가 아이들에게 붙잡혔다. 민수와 민호가 꿇어앉았다. 아이들이 민수와 민호를 둘러쌌다.

"야, 이 빨갱이 새끼들아! 하라는 공부는 않고 데모질이야!"

한 아이가 소리를 질렀다.

지숙의 가슴이 덜컥 내려앉았다.

지숙이 소리를 질렀다. 지숙이 민수를 때렸다. 아이들이 흩어져 달아났다. 민호가 울음을 터뜨렸다.

지숙은 낡은 커튼을 젖히고 창문을 열었다. 그리 차갑지 않은 바람이 커다란 눈송이와 함께 밀려왔다. 꽃무늬가 수놓아진 하늘색 커튼이 바람에 작게 흔들렸다. 지숙은 그제야 여름 커튼을 바꾸어 달지 않았음을 알았다.

지숙이 아이들의 방문을 두드렸다.

"무슨 이야길 그렇게 재미있게 하니?"

지숙이 말했다. 민호는 시큰둥한 표정이다.

"빨간코 할아버지 이야기야."

민수가 말했다.

"엄마가 같이 들어도 되니?"

민수가 민호를 쳐다봤다. 민호가 마지못해 고개를 끄덕였다.

빨간코 할아버지의 겨울나라. 정남의 후배가 민수에게 선물로 준 동화책이다.

"너무 걱정하지 마세요. 한 이 년 살고 아파트 팔면 돼요."

후배는 너무 쉽게 말했다. 하지만 지숙에게는 결코 쉬운 일이 아니었다.

정남이 사라지자 여기저기서 빚쟁이가 나타났다. 은행에서 독촉장이 날아왔다. 전혀 알 수 없는 물품의 청구서가 날아왔다. 법원의 출석요구서도 날아왔다. 무턱대고 빚만 계속 질 수도 없는 일이었다. 지숙은 결국 아파트를 내놨다.

"나도 눈이 쌓이길 기다린단다."

민수가 동화책을 읽었다.

"할아버지도 눈사람을 만들 거예요?"

"나는 커다란 눈썰매를 만들 거야."

"빨간코 할아버지의 낡은 외투 위로 눈이 하얗게 내렸다."

아이들이 읽기에는 너무 어려운 동화라고 지숙은 생각했다.

항상 하얗게 눈으로 덮여 있는 겨울나라로 가기 위

해 빨간코 할아버지와 현이는 커다란 눈썰매를 만들었다. 그 나라는 세상이 하얗기 때문에 하얀 마음을 가진 사람들이 살고 있었다. 사슴 네 마리를 훔치러 동물원에 들어간 빨간코 할아버지와 현이는 사람들에게 잡히고 말았다.

"난 아이들이 좋아요."

후배가 쓸쓸하게 웃었다.

왜 동화를 쓰냐고 물은 걸 지숙은 후회했다. 정남과 같이 일을 하기 전에 후배는 노동현장에서 고생을 했다고 들었다. 시인들이란 원래 약해빠진 사람들이란 걸 지숙은 알고 있었다.

"알았다!"

"뭘?"

"아빠는 사슴을 훔치려고 한 거야. 그래서 사람들은 아빠를 잡으려고 하는 거구."

민호가 말했다. 지숙의 가슴이 덜컥 내려앉았다.

오히려 어른들에게 더 어려운 동화일지도 모른다고 지숙은 생각했다.

하지만 민수와 민호는 아직 어렸다.

정남이 세 번째 감옥에서 나오던 날이었다. 지숙은 왠

지 민수와 민호와 함께 정남을 맞고 싶었다.

"아빠다!"

민호가 소리를 질렀다. 추석을 며칠 앞둔 날이었다.

민수와 민호가 달려나갔다. 정남이 구치소 쪽문 앞에 서있는 감색 제복을 입은 교도대원과 악수를 했다. 정남이 민호를 안았다.

정남이 마중 나온 동료들과 악수를 나누었다.

"어머님이 편찮으세요."

지숙이 말했다. 정남이 지숙의 손을 잡았다.

구치소 뒤로 하늘을 붉게 물들이며 해가 지고 있었다. 바람이 키 큰 나무들의 가지를 흔들고 지나갔다.

"나쁜 사람들이야."

가로수가 길게 늘어선 길을 빠져나오자 민호가 말했다.

"누가?"

정남이 말했다.

"감옥을 만든 사람들."

민호가 말했다. 정남이 지숙을 쳐다봤다.

지숙이 쓸쓸하게 웃었다.

민수와 민호는 아직 어렸다. 정남을 이해하기 전에 아

이들은 세상을 이해해야 했다. 지숙이 아이들을 위해 해줄 수 있는 일은 없었다.

민수와 민호는 밤이 늦어서야 잠이 들었다. 거실은 썰렁했다. 찬바람을 쐬고서야 지숙은 창문을 닫지 않았다는 걸 알았다.

창가엔 눈이 소복이 쌓여 있었다. 지숙은 눈덩이를 작게 뭉쳐보았다. 차가운 기운이 손끝을 타고 가슴까지 밀려왔다.

첫눈이었다.

늙은 교수의 문학사 강의는 항상 지루했다. 학생들은 점심시간을 기다리며 창밖을 내다보거나 졸고 있었다.

"첫눈이야!"

한 학생이 말했다. 학생들이 소리를 질렀다.

창밖으로 작은 눈송이들이 아주 천천히 내리고 있었다. 을씨년스럽던 교정이 갑자기 환해졌다. 새로 지은 건물들과 빛바랜 잔디. 어색하게 옷을 벗고 띄엄띄엄 서 있던 나무들이 겨울풍경으로 지숙에게 다가왔다. 첫눈치고는 눈발이 제법이었다. 잔뜩 흐린 하늘이 따뜻해 보였다.

"선생님, 눈이 와요."

"나도 알아요."

늙은 교수가 말했다. 여학생들이 웅성거렸다. 늙은 교수의 문학사 강의는 계속됐다.

교정이 하얗게 덮이기 시작했지만 무거운 침묵이 흐르고 있었다. 지숙은 옹기종기 모여 있는 학생들을 지나 식당으로 갔다. 점심을 먹고 아르바이트 준비를 해야 했다. 입시를 앞둔 중학교 3학년을 가르치는 일은 여간 부담스러운 게 아니었다.

"시작이야!"

한 학생이 소리쳤다.

학생들이 웅성거리며 일어섰다. 몇 명의 학생이 점심을 먹고 있는 학생들에게 유인물을 나눠줬다. 왠지 모를 불안감이 지숙을 엄습했다. 며칠 동안 정남을 보지 못했던 것이다.

지숙은 도시락을 덮었다. 학생들은 벌써 식당을 빠져나가고 있었다. 광장으로 달려가는 학생들의 머리 위로 눈이 하얗게 내렸다.

분명히 정남이었다. 정남이 광장에 모여든 학생들 앞에 서 있었다. 정남이 외투를 벗어던졌다. 한 학생이 외투를 받았다. 지숙이 얼른 외투를 뺏어 들었다. 정남이 하늘로 유인물을 뿌렸다. 하얀 눈 사이로 유인물이 흩어져 내렸다.

지숙은 눈뭉치를 힘껏 내던졌다. 눈뭉치가 작은 포물선을 그리며 떨어졌다. 희뿌연 가로등 사이로 헤드라이트 불빛이 다가왔다가 멀어져 갔다. 지숙은 창문을 닫았다. 낡은 괘종시계가 새로 두 시를 알렸다.

삼우제를 마친 정남은 낡은 괘종시계를 가져오겠다고 고집을 부렸다. 정남이 초등학교에 들어가던 해에 정남의 어머니가 읍내에서 사온 시계였다.

정남이 중학교를 졸업하던 해에 정남의 아버지는 감옥에서 나왔다. 정남의 아버지가 돌아가시고 읍내로 이사를 갈 때 정남의 어머니는 낡은 괘종시계를 가져가겠다고 고집을 부렸다.

누렇게 바랜 시계판과 녹슨 시계추와 쇠종을 보면서 지숙은 삼십 년의 세월을 생각했다. 오래된 나무만이 풍길 수 있는 따뜻함을 시계는 가지고 있었다. 하지만 시계소리는 질색이었다.

정남의 어머니는 오랫동안 병을 앓았다. 정남이 세번째 감옥에서 나와 시골에 내려갔을 때 어머니는 벌써 가망이 없었다. 어머니는 집에서 생을 마감하려 했다. 정남은 어머니에게 다시는 감옥에 가지 않겠다고 약속을 했다.

거실 불을 켠 지숙은 크리스마스트리의 불을 껐다. 책상 위의 원고를 정리한 지숙은 현관문이 열려 있는지 확인했다. 정남이 오랫동안 돌아오지 못할 때 지숙은 문을 잠그지 않았다.

두 번째 감옥에 들어가기 전 몇 개월 동안 정남은 도망을 다녔다. 군인들이 가끔 집으로 찾아오곤 했다. 계엄령이 내려진 도시의 거리엔 군인들이 총을 들고 서 있었다. 새벽안개 사이로 문 두드리는 소리가 몇 초 간격으로 나면 지숙은 화들짝 놀라 문을 열어주곤 했다. 그때 지숙은 무거운 몸으로 출판사에 다니고 있었다. 민수는 정남이 감옥에 있을 때 태어났다.

지숙은 거실 불을 끄고 방으로 들어왔다. 민수와 민호는 깊이 잠들어 있었다. 스탠드 불을 끈 지숙은 눈을 감았다.

"갑자기 그게 무슨 말이야?"

정남이 눈을 크게 떴다.

"더 이상은 견딜 수가 없어요."

지숙이 말했다. 정남의 눈에 슬픔이 고였다. 정남이 지숙의 손을 잡았다. 지숙이 정남의 손을 뿌리쳤다.

정남이 세 번째 감옥에서 나오고 두 달인가 지났을 때였다. 지숙이 이혼하자고 했다.

"난 도대체 뭐죠? 난 내가 불쌍해서 도저히 견딜 수가 없어요."

지숙이 말했다. 정남은 아무 말도 하지 않았다. 지숙이 울음을 터뜨렸다. 정남이 지숙의 손을 잡았다.

내놓은 지 몇 달이 지났지만 아파트를 보러 오는 사람은 없었다. 지숙은 그동안 너무 커다란 집에서 살고 있었다는 생각을 했다.

두 번째 감옥에서 나오고 정남은 출판사에 취직을 했다. 민호가 태어나고 정남의 첫 시집이 나오던 겨울에 지숙은 아파트로 이사를 했다. 마지막 남은 시골의 논과 밭을 팔 때 정남의 어머니는 아무 말도 하지 않았다.

지숙의 어머니는 장롱 속에서 낡은 보따리를 꺼냈다. 보따리 속에서 빛바랜 가락지와 비녀가 나왔다.

지숙의 어머니는 정남의 직업을 못마땅해 했었다.

"왜 하필이면 시인이냐?"

정남이 돌아가자 지숙의 어머니가 말했다.

정남이 첫 번째 감옥에서 나오고 지숙의 어머니에게 인사를 갔을 때 지숙의 어머니는 닭을 잡았다.

정남이 감옥에 다녀온 사실을 지숙의 어머니는 정남을 찾아온 군인들을 만났을 때 알았다.

"난 그이를 사랑해요."

지숙이 말했다. 지숙의 어머니의 눈에 슬픔이 고였다. 지숙의 어머니는 아무 말도 하지 않았다.

낡은 괘종시계의 시계추 소리가 지숙을 괴롭혔다. 문득 잠을 깨면 끝 모를 어둠이 지숙의 온몸을 휩싸 내려오곤 했다.

지숙은 자꾸만 몸을 움츠렸다.

설핏 잠이 들었던 지숙은 화들짝 놀라 일어섰다. 지숙은 방문을 열었다.

몇 초 간격으로 문 두드리는 소리가 들렸다.

소리 나지 않게 현관문을 열자 말끔한 양복을 입은 정남이 외투를 팔에 걸치고 서 있었다.

"첫눈이야."

정남이 말했다. 지숙은 왈칵 눈물이 솟았다.

정남이 크리스마스트리에 걸린 양말 속에 선물을 집어넣었다.

지숙이 크리스마스트리에 불을 켰다. 크리스마스트리의 작은 전구들이 꺼졌다 켜졌다 하며 금촛대와 은종과

방울들을 반짝이게 했다.

"밥은······."

"지금이 몇 신데?"

정남이 말했다.

겨우 밥이라니. 지숙이 쓸쓸하게 웃었다. 정남이 지숙의 손을 잡았다.

정남이 외투 주머니에서 예쁘게 포장된 선물을 꺼냈다.

포장지엔 빨간코 사슴이 끄는 눈썰매를 탄 산타클로스 할아버지가 눈길을 달려가는 그림이 그려져 있었다. 포장지 위엔 은색 종이로 만든 꽃리본이 달려 있었다.

연한 회색 털실로 짠 목도리였다. 연한 회색이 따뜻해 보였다.

지숙이 픽 웃었다. 정남이 수줍게 웃었다.

"내겐 방한화가 필요해요."

지숙이 말했다.

"눈길이 미끄러워 얼마 가지 못할 걸."

정남이 달려들어 지숙의 목에 목도리를 감았다. 지숙이 웃음을 터뜨렸다.

정남이 아이들의 방 문을 열었다. 지숙이 스탠드 불

을 켰다. 민호가 식은땀을 흘리고 있었다. 민수가 발끝으로 이불을 잡아당겼다. 정남이 쓸쓸하게 웃었다.

"동물원에 가자고 조르는 걸 간신히 재웠어요."

지숙이 쓸쓸하게 웃었다.

"동물원엔 왜?"

"사슴을 훔치러 간대요."

지숙이 말했다. 동물원에 가자고 조르는 민수와 민호에게 지숙은 짜증을 냈다. 지숙은 지쳐 있었다.

정남이 아이들의 이불을 덮어줬다. 정남이 아이들의 옆에 누웠다.

지숙이 정남의 옆에 누웠다.

"집을 내놨어요."

지숙이 말했다. 정남은 아무 말도 하지 않았다.

낡은 괘종시계의 시계추 소리가 지숙의 가슴을 콕콕 찔렀다.

"우리 식구가 살기엔 집이 너무 커요."

지숙이 정남의 손을 잡았다. 정남이 스탠드 불을 껐다. 어둠이 지숙의 가슴 위로 따뜻하게 내렸다.

"눈이 이대로 멈추지 않으면 좋겠어요."

"왜?"

"겨울나라에서는 사슴을 훔칠 필요가 없대요."

지숙이 쓸쓸하게 웃었다. 정남이 지숙의 손을 잡았다. 따뜻한 바람이 조용히 탐스런 눈송이와 함께 창밖을 스쳐지나갔다.

지숙은 눈을 감았다.

낡은 괘종시계가 새로 다섯 시를 알렸다. 둔탁한 쇳소리가 울릴 때마다 지숙의 가슴은 무너져 내렸다. 정남이 외투를 입었다. 지숙은 거실 벽의 낡은 시계를 쳐다봤다.

지숙은 그제야 정남의 어머니가 부렸던 고집을 이해했다.

"다시는 오지 마세요."

승강기 문이 닫히자 지숙이 말했다. 경비아저씨는 잠들어 있었다.

정남이 외투 깃을 세웠다.

"아이들하고 동물원에라도 다녀와."

정남이 지숙의 손을 잡았다.

어둠 속으로 멀어져가는 정남의 어깨 위로 눈이 하얗게 내렸다.

―『실천문학』 1992년 봄호

함박눈

포성소리 메아리 되어 달아나고 휘우웅 바람소리 뒤
쫓아 가면 소리 없이 눈이 내립니다.

편지를 쓰던 경림은 막사 밖을 내다본다. 포성소리가
들려온다. 포성소리를 잠재우려는 듯 며칠째 펑펑 함박
눈이 쏟아지고 있다. 쏟아지는 함박눈 사이로 포성소리
가 점차 가까워지고 있었지만 경림의 마음은 정희누이에
게 하염없이 달려간다.

편지를 쓰기로 한 건 도저히 다른 방법이 없어서였다.
그렇다고 딱히 무슨 고백을 하고 싶은 것은 아니었다.

벤네트 대위는 벌써 잠에 곯아 떨어져 있다. 홍천으
로 이동을 하고난 뒤부터 경림은 벤네트에게 소홀할 수

밖에 없었다. 충주에 있을 때나 영동, 증평에 있을 때에도 꼬박꼬박 한국어, 일본어를 시간이 날 때마다 그에게 가르쳤다. 그런데 경림이 정희누이네 가게에 드나들면서부터 벤네트 혼자서 책과 사전을 뒤적이며 공부하는 날이 많아졌다. 경림은 미안해했지만 벤네트는 싫은 눈치를 보이지 않았다.

누이는 난을 피해 38선을 넘었다지요. 세상이 하얗게 덮이면 그렇게 하얗게 눈이 되어 하염없이 마냥 울고만 싶었다지요. 그렇게 울다 지쳐 잠이 들면 하얀 꿈나라에 다시 눈이 내리고……

도대체 무슨 말을 해야 하는지, 무슨 말을 하고 싶은지 알 수 없는 경림이었다. 하얀 백지 위에 정희누이의 얼굴이 아른거려 경림은 눈을 감는다. 그러다가 다시 고개를 들고 펑펑 쏟아지는 눈처럼 수많은 글씨들을 종이 위에 새겼다.

가을이 깊어갈 무렵 경림은 짐을 꾸렸다. 짐이래야 씨레이션 두 박스에 차곡차곡 넣은 책들과 여기저기서 얻어 입은 군복쪼가리가 고작이었지만 갑작스런 이동 때문인지 정신을 차릴 수 없었다. 어쩌면 태어나서 처음으로 고향땅을 떠나게 된다는 두려움이 경림을 사로잡고 있었는지도 모른다.

"미스터 신, 좀 도와줄까?"

"어휴, 이제 다 됐어요."

캡틴의 짐을 꾸리는 건 고사하고, 자기 짐 꾸리기에도 쩔쩔매는 경림이 재미있는지 벤네트는 엷은 웃음을 아랫입술에 베어물고 있었다. 하우스보이치고는 이런 호사가 없었다. 학사장교 출신인 벤네트는 좀 유별난 데가 있었다. 야전도서관처럼 꾸며놓은 자기 막사에 손님을 초대해 책자랑 하는 걸 낙으로 삼았다. 자기 책자랑이 끝나면 꼭 경림의 책을 보여줬다. 점령지 소년이 일본어로 된 책을 꽤 가지고 있다는 게, 그런 하우스보이를 뒀다는 게 그로서는 커다란 자랑거리인 모양이었다.

경림이 벤네트를 만난 건 행운이었다. 전쟁이 터지고 중학교가 문을 닫자 경림은 또래들과 마찬가지로 미군부대 주변을 서성거리는 게 일과가 되었다. 껌이나 초콜릿, 담배 따위를 얻기 위해, 혹은 하우스보이가 되기 위해 아이들은 짧은 영어를 씨불이며 아우성이었다.

그날은 마침 충주읍내 고서점에서 일어판 톨스토이 인생독본을 구한 날이었다. 한 걸음에 내달아 집으로 가고 싶었지만, 없는 살림에 책 나부랭이나 주워 들인다는 핀잔이 듣기 싫어 어두워지면 돌아갈 요량으로 부대 앞을 서성거렸다. 악다구니를 써대는 아이들 틈에 책을 끼고 서있는 경림이 눈에 띄었는지 벤네트는 경림을 손짓해 불렀다. 벤네트가 하우스보이를 둔 건 한국어를 배우기 위해서였다.

정희누이를 만나 건 강원도 골짜기에 이른 겨울이 찾아왔을 때였다. 언제 내렸는지 산꼭대기엔 눈이 하얗게 덮여있었고 강을 거슬러 올라오는 바람은 매섭기 짝이 없었다. 어수선한 며칠이 지나고 전쟁터답지 않게 따분한 나날이 계속됐다. 말이 의무지원부대지 가끔 후송되는 부상병 몇이 머물다 떠나고 며칠에 한 번씩 의약품을 실은 트럭이 드나들 뿐이었다.

"야! 꼬마, 우리 국밥 먹으러 가자."

하루는 헉스 중위의 하우스보이인 명호가 경림을 꼬드겼다. 명호는 헉스를 호스헤드라고 불렀다. 말상으로 생기기도 했지만 더 고약한 건 그의 말 같은 성질이었다.

"헤이, 쑈리 신!"

호스헤드는 하우스보이가 제일 싫어하는 쑈리 쑈리를 외쳐대며 자기 하우스보이도 아닌 경림에게 온갖 궂은일을 시키기도 했다. 이상한 건 전혀 성격이 어울리지 않는 벤네트가 헉스와 친하게 지내는 거였다. 벤네트는 누구에게나 친절했고 무슨 말이든 듣는 걸 좋아했다.

국밥이라는 소리에, 버터에 질려있는 경림의 입에 침이 고였다.

경림은 명호를 따라 부대 뒤 개구멍을 빠져나왔다. 한국인들이 부대를 드나드는 건 여간 까다로운 게 아니었다. 그런데도 피엑스 물품들과 의약품들이 알게 모르게 빠져나가곤 했다. 경림과 명호는 부대 앞 가게에 들어갔다. 잡화와 담배, 술, 간단한 식사를 파는 집이었다.

"아줌마! 여기 국밥 둘 주세요."

"이 녀석이, 아줌마가 아니라 누나라니까."

여자가 고개를 돌리자 길게 딴 댕기머리가 춤을 췄다. 순간 경림은 숨을 쉴 수 없었다. 저렇게 커다랗고 맑은 눈이 있다니! 경림은 커다란 눈망울 속으로 빨려 들어가 자신의 존재를 잃어버리고 말았다.

겨울이 깊어가고 있었다. 중공군이 내려온다는 소문이 있었지만 따분한 나날은 계속됐다.

"미스터 신, 우리 영화 보러갈까?"

벤네트가 한가롭게 말했다.

"영화요?"

"미스 오가 같이 가도 좋고."

벤네트는 엉뚱한 데가 있었다. 경림이 부대를 빠져나갈 궁리에 젖어있으면 어느새 눈치를 채고 미소를 머금었다. 혼자 부대 밖으로 돌아다니기 어려운 그를 위해 정희누이네 가게까지 같이 가주기도 했다.

정희누이네 가게에 들어가면 신이 나서 떠드는 건 늘 경림이었다. 톨스토이, 고리끼, 도스토옙스키, 앙드레 지드……. 경림은 자신이 읽은 문학작품 이야기에 귀 기울이며 온갖 표정을 얼굴에 그리는 정희누이를 보는 게 너무도 기뻤다. 정희누이가 지금은 술도 팔고 밥도 파는 주모지만, 사범학교시절엔 꿈 많은 문학소녀였다. 경림을 만나 문학이야기를 들을 때마다 맑은 두 눈에 생기를 띠었다. 경림은 문학에 대해 열변을 토하다가도 세상의 모든 마음을 담아 줄 수 있을 것만 같은 누이의 눈빛과 마주치면 가슴이 뛰는 소리를 들어야 했다.

영화 보러가자는 말에 정희누이는 반색했다. 방으로 들어가 옷을 갈아입고 나섰다. 까만 치마에 하얀 저고리를 입고 나오는 순간, 경림은 넋이 빠져버렸다. 벤네트는 뷰티풀을 연발했다.

벤네트가 직접 지프를 몰고 원주로 향했다. 원주까지는 두 시간이 걸리고, 부대 연병장에서 상영되는 영화는 날이 어두워져야 시작된다. 시간을 때우기 위해 벤네트는 구룡사로 지프를 몰았다.

"정희누난 눈 먼 용이야."

하늘로 오르려 몸부림치는 용처럼 폭포가 애처로워 보여 경림은 가슴이 시렸다. 의상대사가 아홉 마리 용이 살던 연못에 부적을 던졌다는 전설을 떠올리며 경림은 안타까워했다. 쫓겨난 여덟 마리는 그렇다 치고, 혼자 외톨이가 되어버린 눈 먼 한 마리 용이 너무 불쌍했다.

"전쟁이 끝나면 고향에 돌아갈 수 있을 거야⋯⋯."

정희누이가 고개를 들어 멀리 고향 쪽을 바라본다. 정희누이는 사범학교를 마치고 고향에서 아이들을 가르쳤다.

"그럼 나도 눈 먼 용이네?"

벤네트가 웃으며 말했다. 벤네트의 부모는 미국에, 처

자식은 일본에 있었다. 그는 경림을 안쓰럽게 내려다보며
말을 이었다.

"미스터 신도 눈 먼 용이잖아?"

세 사람 모두 전쟁 때문에 고향을 떠나온 사람들이
었다.

한가롭던 막사에 불길한 예감이 흘러 다녔다. 끝없이
내리는 함박눈 사이로 포성소리가 점점 가까워지고 있었
다. 급작스럽게 철수명령이 떨어진 건 저녁어스름이었다.
중공군이 이미 남쪽 깊숙이 내려갔지만 원주 쪽 길은 일
부러 막지 않았다고 했다.

다음날 부대가 이동하기 위해 모든 것들을 정리해야
했다. 커다란 구덩이를 파고 의약품들을 묻었다. 벤네트
도 경림도 책보따리 꾸릴 정신이 없었다.

경림은 부지런히 움직이며 물건을 정리했지만 눈앞이
온통 정희누이의 얼굴로 아른거렸다. 경림은 눈송이만큼
큰 한숨을 끝없이 내쉬며 누이의 곁을 떠날 수밖에 없는
안타까움으로 애간장을 태웠다. 마침내 경림은 모든 것
을 팽개치고 편지를 썼다.

눈이 내립니다. 아침에 눈을 뜨면 눈이 그쳐 있을까봐 밤새 짐을 싸지 못했습니다. 다시 밤이 오면 끝없이 내리는 눈 사이로 휘우웅 소리치는 바람 따라 멀리멀리 날아가렵니다. 그러면 또 바람소리 휘우웅 내달리고 하얗게 소리치는 바람 따라 앞서거니 뒤서거니 하얗게 하얗게 달려가렵니다.

무슨 이야기를 쓰고 있는지 경림도 알 수 없었다. 밤새 함박눈이 내렸고 밤새 편지를 썼다. 아침이 되자 경림은 부대를 이탈하여 끝없이 내리는 함박눈 사이를 달리기 시작했다.

아! 경림은 눈을 감았다. 가겟집 문짝은 떨어져나가고, 엎어진 장작난로와 식탁 밑으로 깨진 사발들이 뒹굴고 있었다. 경림은 호주머니 속 편지를 움켜쥐었다. 경림은 움직일 수 없었다. 부릉거리는 쓰리쿼터 소리 사이로, 번쩍이는 헤드라이트 불빛 사이로 함박눈이 끝없이 쏟아져 내렸다.

—『삶이 보이는 창』 1998년 4월호

함박눈 내리는 날

빠앙! 빠앙! 빠앙!

기관사 이씨는 흐르는 눈물을 닦을 생각도 하지 않고 기적을 울렸습니다.

꼬마기차가 흐느끼듯 쉰 목소리로 울어대자 플랫폼에 서 있던 사람들이 하얀 손수건을 흔들었습니다.

끼익!

꼬마기차가 멈추어 섰습니다.

"오랫동안 사귀었던 정든 내 친구여……, 작별이란 웬 말인가 가야만 하는가…….”

초등학생들이 노래를 부르기 시작하자 기차에서 사람들이 내렸습니다.

마지막 꼬마기차를 타러 오랜만에 고향에 돌아온 사

람들이 플랫폼에 마중 나온 사람들을 껴안았습니다.

빨간 제복을 입고 악기를 하나씩 든 읍내 고등학교 밴드부 학생들이 내리고, 마지막으로 '국민철도사수'라고 쓴 투쟁조끼를 입고 '민영화저지'라고 쓴 머리띠를 맨 옛 철도노조 조합원들이 내렸습니다.

이제 한 시간 뒤엔 마지막 꼬마기차가 영원히 떠나야 합니다.

사람들은 꼬마기차와 작별을 하기 위해 모인 것입니다.

강씨할머니는 오랜만에 고운 한복을 차려입었습니다. 할머니가 꼬마기차를 타고 시집올 때 입었던 옷입니다. 할머니는 몸이 너무 아파 걸음을 제대로 걸을 수 없었습니다.

멀리서 달려오는 사람들이 보입니다. 강씨할머니는 걸음을 멈추고 가쁜 숨을 몰아쉬며 두 눈을 크게 떴습니다.

"할머니!"

소리 지르며 앞서 달려오는 놈은 분명히 외손주입니다.

아! 할머니는 절망의 한숨을 내쉬었습니다. 혹시나 했지만 십 몇 년째 소식이 없던 아들이 기차가 없어진다고 이제야 돌아오겠습니까.

하얀 눈이 내리기 시작했습니다. 사람들은 강씨할머니네 식구들이 도착할 때까지 조용히 기다렸습니다.

마을 강아지들하고 아이들이 오랜만에 내리는 눈이 즐거운 듯 뛰놀았습니다.

이장님의 사회로 기념식이 시작되었습니다.

"제가 무슨 면목으로 기념사를 하겠습니까……."

옛 철도노조 위원장이 연단에 섰습니다.

"여러분은 저희들과 함께 철도를 지키기 위해 지난 몇 년을 싸워왔습니다. 하지만 우리는 철도를 지키지 못했습니다……."

제법 굵어지던 눈발이 펑펑 쏟아지기 시작하자 목이 메인 듯 옛 철도노조 위원장이 눈을 감았습니다.

"황금노선은 민간기업의 손에 넘어갔고 적자선은 폐지됐습니다. 가난한 사람들은 이제 기차를 탈 수 없습니다. 이제 여러분은 고향에 돌아오기 위해 기차를 탈 수 없습니다. 오늘 마지막 기차가 떠나면 돌아오지 않습니다……."

슬프게 이어지는 기념사 사이로 펑펑 쏟아지는 함박
눈에 사람들이 눈을 감았습니다.

빠앙! 빠앙! 빠앙!

기관사 이씨는 흐르는 눈물을 닦을 생각도 하지 않
고 기적을 울렸습니다. 꼬마기차가 흐느끼듯 쉰 목소리
로 울어대자 플랫폼에 서있던 사람들이 하얀 손수건을
흔들었습니다.

끼익!

덜컹, 미끄러지듯 움직이기 시작하던 꼬마기차가 갑자
기 멈추어 섰습니다.

강씨할머니가 선로에 뛰어든 것입니다. 사람들이 몰
려들었습니다.

"이놈들아! 우리 명복이는 어떻게 돌아오라고 기차를
없애. 내 눈에 흙이 들어가기 전에는 안 된다. 이놈들아!"

할머니가 꺼이꺼이 목 놓아 울기 시작했습니다.

펑펑 쏟아져 내리는 함박눈 사이로 사람들의 흐느낌
이 흐르기 시작했습니다. 흐느끼던 사람들이 하나 둘 할
머니 주위에 주저앉았습니다. 마지막 기차에 타고 있던

사람들도 내려왔습니다.

펑펑 쏟아져 내리는 함박눈 사이로 흐르던 흐느낌은 어느덧 노래가 되고 있었습니다. 마지막으로 기관사 이씨가 기차에서 내려오자 노래는 함성이 되었습니다.

마을 사람들은 꼬마기차를 떠나보내지 않았습니다.

어둠과 함께 함박눈이 끝없이 쏟아져 내렸습니다.

―『굿바이 치포치포』 2002. 2. 15.

산개의 추억

1.

"비상! 비상! 경찰이다!"

문을 두드리며 다급히 소리치는 규찰대의 외침에 호만은 튀어 일어나 파카를 입고 배낭을 멨다. 조원들은 벌써 빠져나가고 없었다. 9시 뉴스를 보고 술을 한 잔 마신 게 화근이었다. 뉴스에서는 전국 곳곳에서 닭 쫓기듯 쫓기다가 닭장차에 실려 가는 조합원들의 화면이 계속 방영되었다. 슬프기도 하고 조금 겁이 나기도 해서 자연스레 술을 마시게 됐다.

"씨발놈들, 조장을 팽개치고 가다니……."

엘리베이터 한 대는 내려가고 있었고, 한 대는 올라오

고 있었다. 올라오는 엘리베이터에 경찰이 타고 있을지도 모른다는 생각이 들었다. 잡히면 끝장이다! 호만은 이를 악물었다. 호만은 비상계단을 택했다.

1층 로비는 조용했다. 후문으로 나가 산으로 뛸까? 정문으로 자연스레 걸어 나갈까? 호만은 정문을 택했다. 문을 열고 나가자 주차장에 닭장차 여러 대가 서있고 수백 명의 경찰이 도열해 있었다. 후다닥! 호만은 후문으로 뛰었다.

2.

새말에 나가있던 정탐조로부터 경찰병력이 이동 중이란 연락을 받은 것은 정확히 23시 35분이었다. 상황을 맡고 있던 채원은 긴급히 지부장과 총무부장에게 산개작전 세 번째 암호인 손가락 세 개를 펴보였다. 지부쟁대위 회의를 열 시간이 없었다. 지부장이 손가락 세 개를 펴 보이며 '일단 산개 후 재집결' 명령을 내렸다.

지부장과 총무부장이 돈가방만 들고 급하게 빠져나갔다. 23시 39분. 주차장에서 콘도 입구로 가는 내리막길에서 지부장이 탄 우유배달차와 닭장차가 엇갈리는 걸 확인한 채원은 산개명령을 하달했다. 조합원들은 조별로 일사불란하게 뒷산을 넘어 산개했다. 각 방마다 낙오된 조합원이 없는 걸 확인한 후 콘도 후문을 빠져나온 시간은 정확히 23시 58분이었다.

3.

뒷산 쪽으로 나오자 산등성이를 뛰어오르는 플래시 불빛들이 여기저기 보였다.

날 잡아가슈구만……. 자신의 위치를 적에게 알리며 도망가는 꼴들이라니! 호만은 혀를 찼다.

호만은 나는 듯이 산길을 달렸다. 산골에서 자라 산악지대에서 군대생활을 했고 쉬는 날마다 등산을 다니던 호만이었다. 산개명령이 떨어지면 조원들과 등산을 가기로 결정돼 있던 터라 호만은 하얀색 파카 차림이었다. 지난주에 답사를 다녀온 설악산은 아직 눈밭이었다. 혀를 차던 호만은 아차! 하며 얼른 쭈그려 앉아 파카를 뒤집어 입었다. 남대문 도깨비시장에서 사온 국방색 흰색 양면 군용 파카였다.

플래시 불빛들은 이미 산을 넘어가고 없었다. 호만은

다시 달리기 시작했다. 술기운이 남아있던 터라 숨이 목까지 차올랐다. 호만은 배낭을 버리기로 했다. 아깝긴 하지만 잡히면 끝장이라는 생각이 앞섰다.

산을 하나 더 넘고서야 호만은 플래시 불빛 두 개를 따라잡을 수 있었다. 배낭을 짊어진 게 조합원이 틀림없었다.

"야, 플래시 꺼!"

호만이 작게 속삭였지만 불빛은 금세 꺼졌다. 하지만 배낭들은 달리기를 멈추지 않았다.

"야, 같이 가!"

소리를 크게 지를 수도 없는 상황이었다. 배낭들은 순식간에 사라졌다. 다리에 맥이 풀렸다. 호만은 쭈그려 앉아 숨을 돌렸다. 옆쪽에서 플래시 불빛 두 개가 천천히 다가오고 있었다.

조합원일까? 경찰일까? 뛰지 않는 게 수상했다.

"소속이 어디야?"

호만은 목소리를 깔았다. 플래시 불빛 두 개가 멈춰섰다.

"소속이 어디야?"

호만은 조금 더 목소리를 깔았다.

"철도노동자 잡으러 왔다!"

플래시 불빛 두 개가 소리치더니 반대편으로 냅다 뛰기 시작했다.

"야, 같이 가!"

호만이 소리쳤지만 플래시 불빛 두 개는 어둠 속으로 사라졌다.

호만은 더 이상 달릴 수 없었다. 구덩이에 발을 헛디뎌 넘어지면서 비탈을 굴러 얼굴은 피투성이가 됐다. 호만은 절룩이며 걸었다.

"전화 받으세요! 전화 받으세요!"

어둠을 찢는 휴대폰 벨소리에 호만은 화들짝 놀라 쭈그려 앉으며 휴대폰 폴더를 열었다.

"사랑하는 사원 여러분, 수고 많으십니다. 사장 이철입니다…….'

음성메시지가 흘러나왔다.

"야, 이, 씹-새-끼야!"

폴더를 거칠게 닫은 호만은 휴대폰을 힘껏 패대기쳤다. 호만의 절규가 밤하늘의 어둠을 가르고 메아리 쳤다.

4.

02시까지 새말에 집결하라는 메시지를 보냈지만 채원이 도착한 것은 30분이나 지나서였다. 원주에서 콜택시 25대가 출발했다는 지부장의 메시지를 받은 게 01시 20분. 강선이 모여드는 조합원 인원 체크를 하며 네 명씩 다섯 명씩 택시에 태워 원주로 빼고 있었다.

04시까지 네 명이 오지 않았다. 휴대폰도 연결이 안됐다. 04시 05분. 채원은 콜택시 한 대를 남겨두고 새말을 떠났다. 05시 30분. 2차 집결지에 집주소를 써 붙인 배낭을 벗어두고 조합원들은 세 명씩 네 명씩 다시 산개했다. 아닌 밤중에 횡재한 택배트럭에 배낭을 모두 실어주고 지도부는 여관으로 들어갔다.

5.

나무 밑에 쭈그려 앉아 호만은 날이 새기를 기다렸다. 더 이상 걸을 수 없었다. 나무 밑에 앉고 나서야 호만은 휴대폰이 없어진 걸 알았다. 가을이면 결혼할 민영이 보고 싶었다. 어머니도 보고 싶었다.

먼 능선 위로 붉은 기운이 떠오를 즈음 호만은 살금
살금 산을 내려오기 시작했다. 해가 산봉우리에 걸렸을
때 호만은 파카를 뒤집어 입었다.

멀리 다가오는 발자국 소리가 들렸다. 호만은 나무 뒤
에 숨었다.

아! 호만은 심장이 멎는 것 같았다.

호만과 같은 하얀 파카를 입고 K1소총을 든 군인 세
명이 지나가고 있었다. 호만은 움직일 수 없었다. 간첩으
로 오인하고 총을 쏠지도 모른다는 생각이 들었다. 군인
들이 지나가자 호만은 낮은 포복으로 산등성이를 넘어
골짜기 아래까지 굴렀다.

6.

09시 낙오된 네 명 중 한 명이 경찰에 연행된 게 확인
됐다. 09시 40분. 두 명이 콘도 비품실에 숨어있는 게 확
인됐다. 결정을 내려야 했다. 영하 10도가 넘는 강추위의
산속에 낙오됐다면 동사의 위험이 컸다. 11시. 지부장이
중앙상황실에 실종신고를 부탁했다. 채원과 강선은 콘도
로 이동해 비품실에 숨어있던 두 명과 함께 콘도 뒷산을

샅샅이 뒤졌다.

"호-만아! 호-만아!"

대답 없는 메아리만 치악산 굽이굽이 능선을 오르내
렸다.

7.

다! 다! 다! 다! 다!

헬기가 낮게 떠서 수색을 하고 있었다. 호만은 골짜기
아래 비스듬히 움푹 패인 구덩이를 나뭇가지로 더 파고
숨었다. 가을이면 결혼할 민영이 보고 싶었다. 어머니도
보고 싶었다. 스르르 호만은 잠이 들었다.

어둠이 골짜기를 따라 내려오자 호만은 파카를 뒤집
어 입고 살금살금 걸었다. 한참을 걷자 멀리 민가 불빛이
보였다.

컹! 컹! 컹!

개가 짖었다.

"실례 합니다……. 실례 합니다……."

호만은 속삭이듯 말했다. 뚱뚱한 아주머니가 나오더
니 누더기 같은 파카와 피투성이 얼굴을 보고 눈을 휘둥

그레 뜬다.

"저……, 철도노조 조합원인데요……."

"아, 철도! 이런, 죽일 놈들……."

아주머니가 혀를 찼다.

"휴대폰 좀 빌려 주실래요?"

다시 방으로 들어갔다 나온 아주머니가 말없이 내미는 휴대폰을 받아 들었지만 호만은 손가락이 곱아 자판을 누를 수 없었다.

"번호 좀 눌러 주실래요?"

아주머니가 호만이 부르는 대로 자판을 눌러 건네줬다.

"여보세요?"

아, 지부장의 목소리! 가슴이 미어졌다. 호만의 두 눈에서 주르륵 눈물이 흘러내렸다.

"여보세요?"

"호만이에요……."

목이 메어 말이 나오지 않았다.

8.

19시 30분. 호만이 살아있는 게 확인됐다. 지부장이 직접 호만을 데리러 출발했다.

9.

굴다리 뒤에 숨어 호만은 지부장을 기다렸다. 가끔씩 경찰차가 지나갔다. 호만은 이를 악물었다. 승용차 한 대가 다가오고 있었다. 호만의 바로 뒤에 와서 차가 멎었다. 한 사람이 내렸다.

"누구냐?"

호만이 속삭였다.

"지부장이야……."

"누구냐?"

"지부장이야……."

"크게!"

"지부장이야……."

"더 크게!"

"지부장이야, 이 개-새-끼야!"

지부장이 버럭 소리를 질렀다. 호만은 와락 지부장을 끌어안고 펑펑펑 울기 시작했다.

10.

21시 20분. 호만이 산개 대오에 합류했다. 129명 중
128명 가열차게 산개투쟁중.

— 『철도노보』 2006.3.22.

최후의 만찬

기적이 울었다.

짧게 두 번, 길게 한 번 울음을 토한 청량리발 춘천행 통일호 열차는 덜커덩거리며 플랫폼을 빠져나가기 시작했다.

"자, 최후의 만찬을 위하여!"

P와 나는 종이컵을 마주쳤다. 차창 밖으로 공장지대의 높다란 굴뚝들이 하얀 연기를 꾸역꾸역 게워내며 느릿느릿 지나갔다.

'최후의 만찬'은 그렇게 시작됐다.

P의 느닷없는 전화를 받은 건 꼭 일주일 전이었다.

"일단 급하게 만나자."

P를 마지막으로 본 건 꼭 십년 전 녀석의 결혼식 때

였다.

아들딸 구별 않고 연년생으로 둘을 낳고, 학교를 졸업하자마자 들어간 회사의 어엿한 중견간부가 되어 이제는 제법 배가 나왔다는 소문을 듣고 있던 나로서는 녀석의 부탁이 전혀 뜻밖이었다.

"이젠 이 세상에서 할 일이 없어."

세상의 마지막을 이미 봐버렸다는 P의 말을 들으며 나는 비식 웃음을 흘렸다. 급하게 마신 소주로 P와 나는 거나해져 있었다. 죽을 둥 살 둥 **뼈 빠지게** 일 해봤자 어차피 사장이 돈 버는 거고, 자식들이야 저 먹을 거 자기가 가지고 나왔으니 그럭저럭 살아갈 거고, 년놈들 시집 장가 보내고 손주새끼들 품에 안아보다 그렇게 돌아가시는 게 인생 아니겠냐고 녀석은 게거품을 물었다.

"그래, 그럼 떠나보자고."

내가 간단하게 대답하자 녀석은 의외라는 듯 눈을 똥그렇게 떴다. P는 이제 인생을 마감해야겠다는 거고, 그래도 가장 친한 친구라고 생각되는 내가 뒷수습을 해달라는 게 녀석의 처음이자 마지막 부탁이었다. 사실 나로서도 뭔가 답답함의 돌파구를 찾던 중이었다. 지난 십여 년 동안 죽이기, 벗기기, 홀리기, 쑤시기 등등 오만가지

잡문을 닥치는 대로 끄적이며 매문을 해오던 나는 말이 소설가지 따지고 보면 3류 약장사에 지나지 않았다.

우리가 '최후의 만찬'이라고 명명한 여행은 그렇게 시작됐다.

우리는 느긋하게 맥주잔을 비웠다. 차창 밖으로 빠르게 달려가던 구름들이 높다란 미루나무에 걸려 풍덩풍덩 강물에 빠지고 있었다. 갑자기 녀석이 벌떡 일어섰다.

아니, 이 녀석이 벌써? 급하게 P의 뒤를 쫓았다.

"열차가 굉장히 빠르군."

승강대에 매달려 잠시 바람을 쐰 녀석이 뒤돌아보며 비식 웃음을 흘렸다. 녀석이 화장실 문을 드르륵 열었다. 휴, 나는 맥이 쫙 빠졌다.

남춘천역을 빠져나가는 것은 그야말로 스릴과 서스펜스였다. 문제는 지난 여름 극심했던 장마의 여파로 창궐한 콜레라였다. 날씨가 제법 쌀쌀해졌는데도 몹쓸 전염병은 전국적으로 유행하고 있었다. 타 지역으로 여행하는 데는 보건소에서 발행한 예방접종증명서가 필요했다. 개찰구에는 정복을 입은 경찰관 몇 명과 함께 백의의 악마들이 시퍼런 주사기를 들고 서있었다.

"어차피 죽을 몸이⋯⋯."

P가 싱긋 웃으며 한쪽 눈을 깜박였다. 우리는 길게 늘어선 줄에서 슬금슬금 뒷걸음질 쳐서 역사 옆의 높다란 담장을 넘었다.

아, 이게 몇 년 만인가! 고등학교 시절 수업을 빼먹고 만화가게로 달려갈 때 우리 앞을 가로막던 학교 담장은 얼마나 높았던가?

우리는 키득키득 웃으며 소양호행 버스에 몸을 실었다. 차시간이 아직 멀었는지 버스는 텅 비어 있었다. P가 운전석에서 책 한 권을 집어 들었다.

데미안! 아, 사춘기 시절 우리를 삶과 죽음의 경계에서 오락가락하게 하던 그 허무맹랑한 소설……

"웃기는 놈이군."

P가 비식 웃으며 책을 슬쩍 자신의 배낭에 집어넣었다.

"어차피 죽을 몸이 뭐……"

나는 배꼽을 잡았다.

소양호에서 인제까지 가는 배를 탔다. 깊은 바닥까지 들여다보이는 맑은 강물, 온 세상을 태울 것 같은 단풍, 노란 옥수수들을 마당에 걸어놓은 초가집들…….

"내가 뛰어들기에는 물이 너무 맑아."

죽지 못할 이유치고는 너무 싱거웠다. P는 계속 나를 맥 빠지게 했다. 백담사에서 1박을 하고 설악산 중턱의 이름 모를 계곡에서 야영을 했다. 따뜻한 불빛을 던지며 모닥불이 타올랐다. 아, 밤하늘을 수놓은 무수히 많은 별들…….

"저렇게 하늘을 꽉 메우고 있으니 죽어도 올라갈 자리가 없겠군."

P는 수통에 담아온 소주를 홀짝홀짝 마셔댔다.

대청봉을 넘어 강릉에서 다시 1박을 한 우리는 부산행 열차에 몸을 실었다.

"태종대에 가면 자살바위라는 데가 있다더군."

시간이 갈수록 나는 초조해하고 있었다. 오히려 느긋해진 P가 나의 제안을 받아들였다. 새벽같이 출발한 열차는 날이 저물고도 한참을 달렸다. 차창 밖으로 후두둑 빗발이 들었다.

"열차가 멈추지 말고 이대로 바다 멀리까지 달렸으면 좋겠군."

P가 제법 소설을 쓰고 있었다. 동리영감의 '밀다원시대'에서 자살한 3류 시인이 P였던가.

"야, 여기서 뛰어내리면 바다까지 갈 수 없잖아? 끽해야 저 바위에 대가리를 박겠군."

끙끙대며 올라온 자살바위에서 새파란 바다를 바라보며 P가 너스레를 떨었다. 빌어먹을 자식! 나는 완전히 지쳐있었다.

우리는 다시 남해 바닷가를 달리는 목포행 열차를 탔다.

"여긴 비린내가 너무 심해."

아, 우리는 다시 이름 모를 섬으로 가는 배를 탔다.

"파도에 밀려가면 시체도 못 찾을 거야."

아, 우리는 다시 뭍으로 나와 열차를 탔다. 이리에서 군산으로, 다시 배를 타고 장항으로, 그리고 장항발 0시 50분 서울행 완행열차.

비가 내리는군, 바람이 너무 많아, 여긴 너무 번잡하지, 여긴 너무 쓸쓸해 …….

녀석은 끝내 죽지 않았고 나는 초주검이 되어 있었다.

이제 몇 시간 후면 '최후의 만찬'은 도로아미타불이다. 나는 은근히 화가 나있었다.

아, 네흘류도프를 찾아 떠나가던 카츄샤가 바라봤던 차창 밖의 눈동자들처럼 불빛이 깜빡였다.

"한 잔 하실래요?"

P가 맞은편에 앉은 영감에게 소주를 권했다. 그렇게 시작된 술자리가 천안을 지날 때쯤 해서는 우리가 탄 칸의 할머니 할아버지들을 몽땅 불러 모았다.

육자배기가 나오고 타령에 뽕짝에 판소리가락까지 흐드러졌다. 열 번도 넘게 차장이 다녀가고 공안원들이 호각을 **빽 빽** 불어도 한 번 벌어진 판은 종칠 줄 몰랐다.

"야, 너 정말 이럴 거야!"

평택을 지나 수원 어귀에 들어섰을 때 나는 참지 못하고 울화통을 터뜨렸다.

"이제 서울이야, 서울!"

"그래서?"

"약속이 틀리잖아!"

"무슨 약속?"

"너, 정말 안 죽을 거야?"

나는 P의 멱살을 잡았다. 녀석의 얼굴이 일그러졌다.

"야, 세상이 이렇게 아름다운데……, 할 일도 태산일 거 같고 말이야……."

녀석이 비굴한 웃음을 흘렸다.

"나쁜 자식!"

나는 멱살을 잡은 왼손에 힘을 주고 오른손으로 녀

석의 뺨을 세차게 갈겼다.

"허, 이 자식이!"

왼뺨을 어루만지던 P가 갑자기 내 손목을 비틀었다. P의 왼주먹에 오른쪽 옆구리를 강타당한 나는 바닥에 나뒹굴었다. 왼쪽 옆구리를 걷어찬 P가 내 등을 짓밟았다. 다시 등을 짓밟으러 다가서는 P의 턱을 치받은 나는 원투스트레이트, 어퍼컷, 팔꿈치로 등을 찍고 아, 나의 18번 코브라트위스트…….

그때쯤 해서 우리의 '최후의 만찬'은 마지막으로 치닫고 있었다.

"안 돼요, 안 돼. 이제 곧 서울이란 말예요!"

공안원들에게 끌려가며 나는 고래고래 소리를 질렀다.

공안원들에게 결박당한 P와 나는 서울역에 도착하자마자 경찰서로 넘겨졌고, 다음날 새벽 남대문경찰서 앞 해장국집에서 해장술을 마셨다.

'최후의 만찬'은 그렇게 끝났고, P는 이제 제법 높은 자리에서 거드럭거리고, 나 또한 3류 약장사로 매문을 하며 살아가고 있다.

—『한국철도신문』 1996.1.29.

제4부

100년 만의 정월대보름

노동귀족의 종말을 위한 협주곡

저는 지금 승무를 마치고, 밤새 아침에 배포할 유인
물 접기를 한 다음 이 글을 쓰고 있습니다.

존경하는 조합원 동지 여러분!

지금으로부터 꼭 13년 전에 저는 지금과 같이 밤새
신나게 글을 쓴 적이 있었습니다. 갓 등단한 시인이었던
저는 "대통령은 체육관에서 대의원들이 뽑아서는 안 되
고 국민이 직접 뽑아야 한다."고 썼습니다. 어느 날 밤에
는 네 종류의 유인물을 쓴 적도 있었습니다. 어느 날 낮
에는 광장에서의 대중집회에서 시낭송을 하기도 했습니
다. 그때 쓴 수십 종류의 유인물 중 하나의 제목이 '군부
독재의 종말을 위한 협주곡'이었다는 기억이 납니다.

지금도 시인인 저는 "위원장은 호텔에서 대의원들이

뽑아서는 안 되고 조합원이 직접 뽑아야 한다."고 쓰려고 합니다. 그래서 저는 잠이 안 옵니다. 13년 전 저는 '대통령직선제개헌투쟁'의 언저리에서 꼼지락거릴 수 있는 행운을 가졌던 행복한 시인이었습니다. 13년 후 저는 '철도노조 직선제규약개정투쟁'의 언저리에서 꼼지락거리려고 합니다. 저는 너무 행복해서 잠이 안 옵니다.

진실로 사랑하고 존경하는 조합원 동지 여러분!

우리는 지금 너무 가슴 벅차고 아름다운 일을 하고 있습니다. 우리 후손에게 물려줘야 할 너무나도 소중한 국가기간산업인 철도를 지켜낼 수 있는 절호의 기회가 마침내 우리에게 다가왔습니다. 이 세상의 어느 누구도 철도를 해외자본이나 독점자본에게 팔아넘길 자격이 없습니다. 이 기회에 우리는 노동귀족으로부터 노동조합을 되찾아야 하고, 우리 손으로 뽑은 민주집행부를 중심으로 우리의 소중한 직장, 우리 후손의 기간산업 철도를 지켜내야 합니다. 그러기 위해서 저는 '노동귀족의 종말을 위한 협주곡'에 맞추어 여러분들과 함께 목이 터져라 노래를 부르려고 합니다. "위원장은 호텔에서 대의원들이 뽑아서는 안 되고 조합원이 직접 뽑아야 한다."고.

— '위원장 직선제 및 철노 민주화를 위한 비상대책위
원회' 소식지 2000.1.23.

전면적 직선제 쟁취를 위한 공동투쟁본부 출범선언

우리는 오늘 철도노동조합의 주인이 조합원임을 엄숙히 선언한다.

굴욕으로 점철된 지난 반세기의 철도노동조합사에 마침표를 찍고, 새로운 역사의 장을 여는 이 순간, 떨리는 가슴으로 우리는 피와 땀과 눈물로 일궈낸 오늘의 의미를 되새기려 한다.

철도노동자의 인간다운 삶을 쟁취하기 위한, 노동조합의 민주화를 위한 투쟁이 항상 뜨겁게 우리들의 가슴 속에 흐르고 있었음을 확인하는 이 자리가 자랑스러운 선배들이 있었기에 가능했음을 누가 부정하겠는가.

7·26과 6·23으로 이어지는 눈물어린 투쟁의 메아리

가 전 조합원의 가슴 속에서 되살아나고 있음을 우리는 동지의 손을 뜨겁게 잡으며 확인한다.

보라, 서울에서 부산까지, 동해에서 순천까지, 오로지 하나, 하나의 노래를 부르기 위해 달려온 동지들의 거친 손, 아! 그렁그렁한 눈망울들을……

우리는 오늘 자랑스러운 선배들의 투쟁의 정신을 이어받아, 전 조합원의 열망을 담아내어 '전면적 직선제 쟁취를 위한 공동투쟁본부'를 결성하며, 이 아름답고 눈물겨운, 새로운 희망의 소식과 우리의 명확한 목표와 방침을 전 조합원에게 당당히 알린다.

우리는 위원장과 지부장 및 대의원을 조합원이 직접 선출하는 전면적 직선제 규약개정을 쟁취하기 위해 투쟁한다.

우리는 '전면적 직선제 쟁취를 위한 공동투쟁본부'를 중심으로 일치단결하여 우리의 목표가 달성될 때까지 어떠한 타협도 없이 투쟁한다.

우리는 우리의 목표와 방침에 뜻을 같이 하는 모든 지부와 조합원의 연대와 지지 및 동참을 이끌어내기 위해 노력한다.

이제 철도노동조합의 새로운 역사는 시작되었다.

누가 이 도도한 역사의 강물을 되돌릴 수 있겠는가.

우리는 이 아름다운 오늘의 시작이 전 조합원의 함성으로 메아리칠 것임을 확신한다.

철도노동자여, 단결하라!

― 『바꿔야 산다』 2000.1.26.

출범 다음날 새벽에 쓴 출범선언

공투본 출범 며칠 전에 기관지 편집장으로 내정된 나는, 이번 투쟁은 '출범선언'이 필요하며, 그 '선언'을 내가 쓰겠다고 했다. 하지만 출범 당일까지 쓰지 못했다. 나는 출범 현장의 기운을 '선언'에 담기 위해 대전에서 열린 출범식에 참석했다. 그러나 서울에 와서도 '선언'은 떠오르지 않았다. 맑스와 엥겔스의 '공산당선언'과 최남선의 '기미독립선언'만 머릿속에서 맴돌았다. '전태일평전'을 쓰기 위해 조영래 선생이 인천의 어느 공동묘지를 밤새 맴도는 장면도 떠올랐다. 공투본 상황실 건물 주변을 네 바퀴 돌고 나는 '선언'을 써내려갔다. 첫 문장은 '기미독립선언'을, 마지막 문장은 '공산당선언'을 패러디한, 무엇보다 출범식을 함께한 철도노동자들의 역동성을 담은 '공투본 출범선언'은 그렇게 탄생했다.

—『철도노동자』 2016.1.25.

철도노동자총파업투쟁선언

오늘 우리는 철도노동자들이 총파업투쟁에 돌입했음을 온 국민 앞에 당당히 선언한다.

이제 우리나라에서 열차는 달리지 않는다.

정부가, 귀머거리 정부가 철도노동자들도 인간임을, 대한민국 헌법이 보장하는 기본권을 가지고 있음을 인정하기 전에는 단 한 대의 기차도 달리지 않는다.

우리의 요구는, 간절한 호소는, 절망의 외침은 끝내 외면당했다.

사람답게 살고 싶다고, 하루를 쉬게 해 달라고, 더 이상 우리의 동료를 죽이지 말라고 우리는 정부에게, 귀머거리 정부에게 외치고, 호소하고, 요구해왔다. 그러나 우리의 요구는 외면당하고, 묵살당하고, 비난받았다.

그래서 오늘 우리는 기차를 멈춘다. 세상을 멈춘다.

오늘 우리의 총파업투쟁은 살인적인 근무체제를 끝장내기 위한 철도노동자의 절박한 자기보호행위이다. 열차를 이용하는 시민들의 안전을 지키기 위한 적극적인 싸움이다. 값싸고 편리한 대중교통을 이용할 권리를 가지고 있는 국민의 이동권을 사수하기 위한 치열한 투쟁이다.

지금 이 순간부터 정부가 우리의 절박한 요구에, 호소에, 외침에 귀를 열고 입을 열 때까지, 그래서 머리를 조아리고, 국민의 철도를 자본에 팔아먹으려는 음모를 중단하고, 살인적인 노동조건을 철폐하고, 정당한 요구를 했다는 죄목으로 목을 자른 동료들을 원상회복 시킬 때까지, 우리는 우리의 투쟁을 멈추지 않을 것이다.

이 투쟁은, 철도노동자의 기본권을 옹호하고, 국민의 철도를 사수하기 위한 이 아름다운 총파업투쟁은, 그 아름다운 목표가 완전히 관철될 때까지 결코 멈추지 않을 것이다.

우리는 반드시 승리한다.

철도노동자여, 단결하라!

— 2002.2.25. 철도노조총파업대회

순식간에 써내려간 파업선언

D-day를 잡아놓고도 지도부는 결단을 내리지 못하고 있었다. 2만5천 조합원은 숨죽이고 중앙의 결정을 기다렸다. 엎치락뒤치락 하던 철도노조 집행부가 '파업'으로 가닥을 잡은 건 파업 3일 전이었다. 소식을 전해들은 나는 철도노조로 달려가 교선실 문을 박차고 들어갔다. 내가 늘 글을 쓰던 PC로 누군가가 작업을 하고 있었다.

"비켜!"

의자를 발로 찼다. 자리에 앉자마자 '선언'을 써내려갔다.

교선실 문이 열리고 교선실장이 들어왔다.

"아, 형! 그렇지 않아도 연락을 드리려고 했는데……, 어? 벌써 하고 있네……."

PC 화면을 본 교선실장이 문을 쾅! 닫으며 달려 나갔다.

파업이 끝나고 나서야 나는, "목을 자른" 같은 쓰지 말아야 할 표현이 들어가 있음을 알았다.

—『철도노동자』2016.2.23.

100년 만의 정월대보름

정월대보름이다.

정월대보름에는 찰밥과 약밥, 오곡밥을 먹고 윷놀이와 널뛰기를 한다. 귀밝이술을 마시며, 질병과 부스럼을 없애기 위해 부럼을 깨 먹는다. 일 년 내내 다리가 안 아프다 하여 다리를 밟는다. 부녀자들은 옷고름이나 동정 깃을 태워 액땜을 한다. 남자와 아이들은 한 해의 풍년을 빌며 쥐불놀이와 달집사르기를 한다. 집안에 드는 흉물을 막기 위해 새끼로 뱀을 만들어 불에 태운다. 이웃 동네와 줄다리기를 하는데 지는 동네에 흉년이 든다 하여 결사적이다.

총파업투쟁 이틀째 밤이 밝았다.

아침이 밝은 게 아니라 투쟁으로 밤이 밝았다. 철도 가족들은 남정네, 부녀자, 아이 할 것 없이 파업거점에서 보름달을 맞는다.

철도가족에게는 애당초 명절이란 게 없다. 근무날과 비번날이 있을 뿐이다. 그렇게 일밖에 모르던 사람들이 100년 만에 일손을 놓고 투쟁전선에서 보름달을 맞는다.

정부와 언론은 '광기의 혀'를 놀려 철도가족을 법과 질서를 지키지 않는 집단이기주의세력으로 몰고 있다. 하지만 시민들은 시큰둥하다. 무능하고 부패한 정부가 무슨 말을 해도 그것이 새빨간 거짓말이란 것을 알고 있기 때문이다. 광주항쟁 기간 동안 '광기의 혀'를 놀려 광주시민들을 폭도로 몰았던 '뱀의 혀'를 기억하고 있기 때문이다.

지난 100년 동안 우리는 바보같이 시키는 대로 일만 했다. 그래서 나라와 직장에 흉물인 뱀들이 가득하다. 뱀들이 '광기의 혀'를 낼름거리며 우리의 육신을 위협하고 사지로 몰아 넣어왔다. 100년 만에 일손을 놓고 맞는 이번 정월대보름엔 쥐불놀이를 하며 나라와 직장에 풍요가 깃들기를 기원해 보자. 새끼가 없으면 아무 거라도 뱀을 만들어 태워 흉물을 몰아내 보자. 남정네고, 부녀자고, 아이들이고 이번 줄다리기에 지면 영영 다시 기회는 오지 않는다.

100년 만의 정월대보름을 총파업투쟁전선에서 맞는 철도가족들이 있다는 것을 온 나라의 백성들이 알고 있다. 액을 쫓고 풍요가 깃들기를 기원하는 민족의 명절인 정월대보름에 나라의 액을 쫓고 풍요가 깃들기를 기원하기 위해 총파업투쟁전선에서 투쟁하는 철도가족이 있다는 것을 온 나라의 백성들이 알고 있다. 그래서 오늘밤은 유난히 밝다.

— 철도노조 홈페이지 2002.2.26.

기차를 세울 수밖에 없었던 이유

나는 철도노동자들이 기차를 세울 수밖에 없었다는 주장을 펴기 위해 이 글을 쓴다.

지난 25일 새벽 4시, 철도·발전·가스 3개 노조가 공동 총파업에 돌입했다. 정부와 일부 언론은 '파업권을 제한 받고 있는 필수공익사업장 노동자들이 중앙노동위원회의 조정과 중재를 받지 않고 파업에 돌입한 것은 불법'이며, '민영화 문제는 정부의 정책이기 때문에 교섭의 대상이 될 수 없'다며, '엄정히 대처'해야 한다고 주장하고 있다.

그런데 '교섭의 대상'이 될 수 없다고 주장하던 정부는, 이날 오전 태도를 돌변하여 가스노조와 '민영화 문제는 추후 노사정위원회에서 논의한다.'고 합의했다. 노동자들이 노동 기본권인 '단체행동권'을 행사하니까 정부의 방침이 바뀐 것이다. 그렇다면 '불법 파업'에 방침을 바꾼 정부가 잘못된 것일까, 아니면 기본권을 행사한 노동자가 잘못된 것일까?

나는 '한국적 민주주의의 실현'을 위해 '헌법에 대한 논의를 금지'하는 것이 정부의 정책이던 유신시대에 청소년기를 보냈다. 그런데 그때 감히 정부의 정책에 국민의 기본권인 저항권을 행사하던 지금의 대통령을 똑똑히 기억하고 있다. 그런 그가 대통령인 정부가 정부의 정책이 '논의의 대상'이 될 수 없다고 주장하는 것은 이해가 되지 않는다.

그렇다면 을사보호조약의 체결이나 한일합방조약의 체결이 '대한제국 내각의 정책'이기 때문에, 이에 반대해 저항권을 행사한 의병들에 대해서 정부와 언론은 엄정히 대처해야 한다고 주장해야 하는가? 그래서 그 신문들은 일제 말기에 '조선총독부의 정책'인 징병과 징용을 독려하고, 독립군을 '폭도'로 몰아붙였던 것일까? '계엄사령부의 정책'에 저항권을 행사한 광주시민들을 '폭도'로 몰아붙였던 것일까?

나는 정부의 정책에 대해 모든 국민이 논의할 권리를 가지고 있다고 생각한다. 왜냐면, 민주주의 국가는 국민이 주인이기 때문이다. 정부의 정책은 모든 국민의 논의의 결과를 가지고 결정되는 것이다. 정부가 주문한 대로 보고서를 제출한 '회계법인'이나 '컨설팅회사'의 의견이 정부의 정책으로 결정되는 나라는 민주주의 국가가 아니다.

그리고 나는 "필수공익사업장의 파업은 불법"이라고 강변하는 정부와 일부 언론에게 노동자의 단체행동권을 제한하는 '강제중재제도'야말로 국제적으로 유례가 없는 악법이며, 우리 헌법에도 위배되는 것이라고 주장한다. 유럽에서도 군인과 경찰 등 국방과 치안에 관계되는 극히 제한된 직종에서만 파업이 금지된다. 파업이 금지되어 있는 프랑스 경찰이 한 달 동안 시위를 하니까 수당을 인상해 주고, 덩달아 군인 신분인 프랑스 국방경찰 10만 명이 지난해 12월 4일부터 4일 동안 전국적으로 파업을 하고, 1만 2천 명의 국방경찰이 파리 시내에서 가두행진을 해도 '엄정히 대처'하지 않고, 국방경찰의 수당을 인상해 주고, 4천5백 명의 인력을 증원해 준 프랑스 정부와

이에 동의한 언론이 '무능하고 무책임한 정부와 언론'이 라고 나는 생각하지 않는다.

나는 반대 의견을 무서워하고 멸시하고, 그래서 그 의 견을 이야기하고 행동으로 나타내는 것을 권력의 횡포로 억압하던 시대에 청소년기를 보냈다. 그래서 나는 그 시 대를 증오한다. 김대중 정부에게 나는 주장한다. 이 나라 가 민주주의 국가라면 정부의 정책은 모든 국민이 논의 할 수 있어야 한다고. 나는 이 시대를 증오하고 싶지 않 다고.

'증오하고 싶지 않은 시대'를 위해 나는 철도노동자들 이 기차를 멈출 수밖에 없었다고 주장한다. 철도노동자 들은 지난 해 9월 20일부터 철도청에 '철도민영화 문제' 와 '노동조건 개선문제', 그리고 '해고자 복직문제'를 논의 하기 위한 특별단체교섭을 요구해왔다.

철도노동자들은 철도 민영화(사유화)가 결국 사기업 의 이윤 추구를 위해 공공성과 안전을 저버리는 결과로 나타날 것이라고 주장한다. 민영화를 시행한 영국 철도 의 빈발하는 사고와 일본 철도의 적자선 폐지 등이 그 근거로 제시되고 있다.

철도노동자들은 1년에 단 하루의 휴일도 없이 근무해야 하는 24시간 맞교대 근무제도를 개선해서, 1주일에 하루는 쉴 수 있게 해달라고 주장한다. 철도노동자들도 근로기준법의 적용을 받게 해달라고 주장하며 노동자의 기본적 권리인 단체행동권을 행사하다 해고된 노동자들을 복직시켜달라고 주장한다.

철도청은 '민영화 문제'와 '해고자 문제'는 철도청이 해결할 수 있는 문제가 아니기 때문에 교섭의 대상이 될 수 없다고 주장한다. 그래서 철도노조는 정부에 '노정교섭'을 요구했다. 하지만 정부는 끝내 철도노조의 교섭 요구에 응하지 않았다.

철도노동자들은 기차를 세울 수밖에 없었다.

나는 '기차가 멈춘 사실'에 대해서만 호들갑을 떠는 정부와 언론이 몹시 못마땅하다. 세상만사에 원인 없는 결과란 없는 법이다. 나는 노동자들이 파업을 할 수밖에 없는 사정에 대하여는 관심을 보이지 않고 오직 그 결과만을 부각하여 시민의 불편만을 크게 다루는 신문들에 분노를 느낀다. 나는 "경제가 괜찮아지려니 파업한다." 따위의 말만 거듭하는 방송에 분노를 느낀다. 사회적 질병의 원인을 규명하고 이를 고치기 위한 노력은 기울이지 않고 오직 '열이 높다'고 아우성치는 한국 언론의 오래된 타성은 언제나 끝날 것인가.

철도노동자들이 지난 5년 동안 7천 명이나 감축됐고, 그래서 1년에 30명씩 죽어가고 있고, 1년에 단 하루의 휴일도 없이 지난 100년 동안을 묵묵히 일해 왔다는 사실에 대해, 그래서 끝내 '기차가 멈춘 원인'에 대해서는 침묵하면서 '기차가 멈춘 사실'만 가지고 엄정한 대처를 주장하는 것은 옳지 않다.

나는 '인간다운 생활을 할 권리'를 가지고 있는 국민에게 1년에 단 하루의 휴일도 주지 않고 노동을 시키는 정부에 대해, 국민의 대화 요구에 응하지 않는 정부에 대해, 우리 국민들이 '엄정히 대처'해야 한다고 생각한다.

이 나라는 '정부의 나라'가 아니다!

―『한겨레』2002.2.28.

프로메테우스의 눈물

제우스에게서 불을 훔쳐 인간에게 선사한 프로메테
우스는, 제우스가 보낸 헤파이스토스와 크라토스와 비
아에게 붙잡혀, 오케아노스 강 끝의 카우카소스 산 꼭대
기에 묶여, 30년 동안 커다란 독수리에게 간을 파 먹혀야
했다. 감히 제우스의 불을 사용한 인간에게는 '판도라의
상자'를 주어 온갖 재앙의 저주를 받게 하였다.

프로메테우스에게 받은 불을 자본에 매각하려는 정
부에 맞서 싸운 발전노동자들에게 정부는 구속, 해고,
재산 가압류 등 끔찍한 보복을 가하고, 발전노동자들을
지지 옹호한 국민들에게는 '민영화'의 재앙을 주었다.

2002년 4월 6일, 하루 종일 비가 내렸다. 38일의 총파
업투쟁을 슬프게 마무리하고 복귀하는 발전노동자들의

시린 어깨 위로 하루 종일 프로메테우스의 눈물이 내렸다. '세상의 빛'을 만드는 발전노동자들은, 프로메테우스의 후예 발전노동자들은, 하루 종일 프로메테우스와 함께 울었다.

그들이 흘린 눈물이 '슬픔의 내'를 이루고, 마침내 '분노의 강'을 이뤄, '희망의 바다'에 이를 때까지 절망하지 말자. '판도라의 상자' 제일 밑바닥에는 '희망'이 감춰져 있다. 재앙의 밑바닥에 '희망'이 감춰져 있음을 잊지 말자.

누가 감히 제우스에 맞서 불을 훔치겠는가. 누가 감히 정부에 맞서 '세상의 빛'을 지키겠는가. 프로메테우스가 없었다면 인간은 다른 동물들과 마찬가지로 암흑을 살아야 했을 것이다. 발전노동자들이 없었다면 '도둑처럼 다가오는' '민영화의 재앙'을 몰랐을 것이다.

이제 30년 동안 간을 독수리의 날카로운 부리에 파먹혀야 하는 참혹한 고통이 발전노동자들을 기다리고 있다. 나는 정부와 발전회사가 발전노동자들에게 가하는 끔찍한 보복을 두 눈 부릅뜨고 지켜볼 것이다. 나는 사랑을 잃었다. 그래서 나는 프로메테우스처럼 울지 못한다. 내게 사랑을 앗아간 정부를 나는 증오한다.

― 발전노조 홈페이지 2002.4.6.

레닌그라드 참호 속의 철도노동자

1941년 6월 나치의 침공으로 시작된 독소전쟁 4년 동안 소련인 2천7백만 명이 목숨을 잃었다. 독일은 파상공세를 펴 들어갔지만 소련인들은 레닌그라드(상트페테르부르그)와 모스크바를 중심으로 끈질지게 저항했다. 9백 일 동안 봉쇄된 레닌그라드에서 백만 명이 굶주림과 질병과 포탄에 목숨을 잃었다.

2003년 6월 28일 공권력의 침탈로 시작된 철도노동자의 총파업투쟁이, 파업 돌입조차 예상하지 못했던 많은 사람들의 생각과 반대로, 확산일로를 걸으며 4일차를 맞고 있다. 철도노동자들이 '철도 파탄 입법'에 이토록 완강히 저항하게 된 원인은 무엇일까?

무엇보다, 지난 10년 동안 무자비하게 계속됐던 신자유주의 구조조정이다. 철도노동자들은 해마다 천 명이 넘게 감축되는 살인적인 노동조건 속에서 동료가 죽어가는 모습을 지켜보며 분노를 삭여왔다. 저항하지 않으면 자신도 언젠가는 감축인원에 포함되고, 철길에 피를 뿌리며 쓰러질 수밖에 없다는 사실을 몸으로 알고 있었다.

그래서 철도노동자들은 처절하게 신자유주의 반대 투쟁을 벌여왔다. 그리고 끈질기게 이어져 온 투쟁은 2003년 6월 30일 '철도 파탄 법안'이 국회 본회의를 통과하며 한 고비를 넘고 있다. 법안 통과는 참혹한 구조조정 공격의 본격적 개시를 말한다.

레닌그라드전투 이야기를 꺼낸 이유는 갑자기, 2000년 공투본 시절이 생각나서다. 회생이 불가능해 보였던 어용노조는 공투본 진영 수도권 7개 지부장의 이탈로 살아났다. 7개 지부장의 이탈로 공투본은 치명적 중상을 입고 전투를 마무리해야 했다.

공투본이 공격을 멈추자, 정부의 공격이 시작됐다. 그때 본부에서 나는 지금도 잊지 못하는 장면을 목격했다.

"레닌그라드 참호 속에서 몇 번의 겨울을 보냈지만 전

쟁은 끝나지 않고, 동료는 총에 맞아 죽고, 폭탄이 터져 죽고, 얼어 죽고, 굶어 죽고, 고향생각은 나고, 멀리 선무방송은 들려오는데 …… 아, 이 지긋지긋한 전쟁이 빨리 끝났으면 …… ."

노동운동 진영에서 내가 존경하는 몇 안 되는 활동가 중 두 사람이 심각한 이야기를 하고 있었다. 전투에 지친 병사를 "공격을 멈추면 비참한 방어가 시작된다."고 조금 덜 지친 병사가 설득하고 있었다.

철도노동자들이 지난 10년 동안 지속된 신자유주의 반대투쟁에 지쳐있다고 지도부는 판단하고 있는 것 같다. 공투본이 방어의 위치에 서게 했던 것처럼 일부 지부장들이 신자유주의 진영에 투항한 것 같은 기미도 보인다.

"레닌그라드 참호 속에서 10년을 버텨왔는데, 나치의 군대는 날이 갈수록 강력해 보이고, 동료는 구속되고, 체포영장이 발부되고, 직위해제 되고, 징계위원회에 회부되고, 멀리 복귀하면 살려준다는 선무방송은 들려오고 …… 아, 이 지긋지긋한 전쟁이 빨리 끝났으면 …… ."

많은 철도노동자들이 알고 있을 것이다. 복귀와 동시

에 비참한 방어전이 시작된다는 것을. 참호 밖은 아직 겨울이고 전쟁터다.

철도노동자들은 지난 10년 동안을 끈질기게 저항해 왔다. 어느 날 아침에 일어난 레닌그라드 병사가 참호 밖을 쳐다봤더니, 나치의 군대가 보이지 않아서, 조심조심 참호 밖으로 나온 병사들이, 나치의 군대가 퇴각했음을 확인하고, 함성을 지르며 달려 나가 서로를 얼싸안던 다큐멘터리 필름의 감동처럼, 철도노동자들이 기뻐하며 참호를 나올 그날은 아직 아니다.

—『파업속보』 2003.7.1.

늙은 노동자의 "안녕들 하십니까?"

대체인력 여러분, 안녕들 하십니까?

이번 파업으로 직위해제 된 늙은 노동자입니다.

평생을 철도에서 일하면서 가장 어려웠던 일은, '부정 승차단속'이었습니다.

전철 승하차게이트에 교통카드를 대면 불이 들어옵니다. 어린이는 노란불, 청소년은 파란불, 어른은 초록불, 어르신과 복지우대는 빨간불 …… . 대부분의 시민들은 불빛의 색깔이 다르다는 걸 모릅니다.

"내 양심만 속이면 아무도 모르겠지?" 하며 게이트를 통과하는데 단속직원이 신분증을 보자고 합니다.

규정에 의하면 최대 30배 이내의 부가금을 받게 되어 있는데, 그 부가금을 받기가 매우 난감했습니다. 저는 역무실에 녹화되고 있는 CCTV를 보여주며 카드마다 표시되는 불빛이 다르다고 말해줍니다.

"양심을 속이기는 쉬워도, 사실을 감추기는 어렵다." 고 말씀드리지요.

학생들에게는 제 어린 시절의 이야기를 들려줍니다.

초등학교 시절 친구들과 짜장면을 먹고 달아난 적이 있었습니다. 하얀 가운을 입고 하얀 모자를 쓴 주방장이 하필이면, 나를 쫓아왔습니다. 횡단보도를 건너려는데, 마침 빨간불로 바뀌었지요. 무의식적으로 멈춰선 나는 주방장에게 체포되고 말았습니다.

주방장은 나를 주방으로 데려가 의자에 앉혔습니다. 말없이 밀가루반죽을 시작했지요.

시간이 얼마나 흘렀는지 모릅니다. 주방장의 얼굴은 땀으로 범벅이 되었습니다. 하얀 가운이 축축하게 젖었습니다.

"아, 저렇게 힘들게 만든 짜장면을 내가 도둑질 했구나……"

그일 이후 나는 절대 남의 것을 훔치지 않고 살아왔

습니다.

기차를 움직이기 위해서 많은 철도노동자들이 밤잠 자지 않고 땀 흘려 일한다는 걸 말해줍니다.

"너희들도 이다음에 취직을 해서 땀 흘려 일하게 될 텐데, 그걸 누가 훔쳐 가면 좋겠니?"

"아니요!"

부가금을 받는 대신, 일장 설교를 하고 학생들을 보내면 뭔가 뿌듯해지기도 합니다.

부정승차단속이 제일 어려웠다는 이야기를 한 이유는, 지금 대체인력 여러분이 혹시 '부정승차'를 하고 있을지도 모른다는 생각이 들어서 입니다.

철도노동자들이 불이익을 감수하면서까지 파업에 나선 이유는 간단합니다. 소중한 직장을 지키기 위해서지요. 본인과 가족의 생계는 물론이거니와, 값싸고 편리하고 안전한 '국민 모두의 철도'를 지키기 위해서 입니다.

'환난상휼'이라는 우리나라 전통의 미풍양속이 있습니다. 우리는 어려운 처지에 빠진 이웃을 십시일반으로 도우며 고난을 함께 견뎌온 훌륭한 민족이라는 자부심을 가지고 있습니다.

"동냥은 못 줄망정 쪽박은 깨지 마라!"란 속담도 있습니다. 쪽박을 깨는 것은 굶어 죽으라는 것입니다.

혹시, "내가 '대체인력'으로 일하는 것이, 남의 쪽박을 깨는 것이 아닐까?" 의문이 드시면 '내 밥그릇'과 '내 가족의 밥그릇'을 생각해 보십시오.

내가 파업을 하고 있을 때, 내 가족이 파업을 하고 있을 때, 누가 대신 일을 한다면 그 사람이 어떻게 보일까요?

직장이나 조직의 지시로 '대체인력'을 하고 계신 분이 있다면, 뭐라 드릴 말씀이 없습니다. '내 밥그릇'을 지키기 위해, 남의 밥그릇을 빼앗'는 거니까요.

'지시'가 아닌 '자원'이라면 저는 꼭 한 말씀 올리지 않을 수 없습니다.

"대체인력 여러분, 안녕들 하십니까? 철도노동자들은 안녕하지 못합니다!"

—『총파업속보』 2013.12.15.

제1화

공투방, 깃발을 들다

죽이지 않으면 죽는 것이다.

지난 50년 동안 무림엔 피바람이 멈출 날이 없었다.

문민부 말기 암의풍란으로 주권을 암의풍으로 넘긴 이래 들어선 국민부에서는 철청표국, 한전공국, 체신표국 등 기간국들의 매각을 착착 진행하고 있었다.

휘익!

칼바람 매서운 대전벌을 가로지르는 6인의 자객들.

"다들 모여 있겠지."

멀리 대승문의 망루가 바라보이자 필두의 흑기사자가 고삐를 당기며 채찍을 휘둘렀다. 쏜살같이 내달리는 흑기사자의 뒤를 따르는 재경승문 장문인들.

국민부 대법관에서 3중간선검법의 사파규정 판결이

나오자 무림은 혼란에 빠졌다. 전국승문과 전국차단의 장문인들이 발 빠르게 세력을 규합해 나가고 있었다. 전설로만 내려오던 전면직선검이 무림에 나타날 것이라는 소문이 입에서 입으로 퍼져나가고 있었다.

지난 50년 동안 철노성을 장악하고 있던 노귀방은 무림총회를 통해 철노성의 공식검법을 결정하겠다고 공포했다. 하지만 강호제현은 콧방귀도 뀌지 않았다. 3중간선검법이 사파규정을 받은 것이지 노귀방이 사파규정을 받은 게 아니라고 아무리 우겨도 소용이 없었다.

"어서들 오시오."

전국승문 문주 호영랑객이 재경승문 장문인들을 반갑게 맞았다. 전국에서 모인 장문인들과 각 문파 협객들이 그들을 기다리고 있었다.

"늦어서 죄송합니다."

재경승문 장문인들이 손을 모았다.

"자, 서두릅시다. 지금 대승문 밖 향남객잔에서는 전국차단 단주들이 모여 회의를 하고 있습니다."

모두 자리에 앉자 수승문 문주 한재풍운이 회의를 시작하려 했다.

"문제는 차단이 아니라 승문입니다. 벌써부터 무림엔

승문이 차단에 끌려가고 있다는 소문이 자자합니다."

천독사검이 칼집을 어루만지며 일어섰다.

"누가 끌고 끌리고가 문제가 아니지 않소."

호영랑객이 천독사검을 제지했다.

"지난날 전기방의 혈전 때 가장 피해를 본 게 누굽니까? 구경만 하던 놈들이……."

노귀방과 경청관, 철청표국의 협공으로 전기방의 협객들이 몰살을 당했던 당시가 떠오르는 듯 잠시 침묵이 흘렀다.

"지금 문제는 철노성의 공식검법을 전면직선검법으로 바꾸는 것이고, 정파가 사파를 몰아내고 철노성을 이끌어가야 한다는 거 아니오? 그렇게 사사건건 시비를 걸면 사실상 사파를 돕는 거와 다를 게 없소."

대승문 총무 중현쌍부가 허리춤에서 쌍도끼를 꺼냈다.

"그럼 우리가 사파란 말이야?"

재빠르게 칼을 빼는 천독사검.

"아, 그만 진정들 하시고……."

호영랑객이 제지하고 나섰다.

휙!

그러나 이미 천독사검의 칼은 빠르게 중현쌍부의 백회혈을 향해 날고 있었다.

창!

윽!

재빨리 쌍도끼를 들어 막았지만 칼은 쌍도끼를 치고 중현쌍부의 왼쪽 어깨를 베었다.

촤악!

허공으로 중현쌍부의 피가 튀었다. 일제히 칼을 빼는 협객들.

휙, 휙, 휘익!

흑기사자의 채찍이 빠르게 호영랑객의 전신을 휘감고 들어갔다.

펑!

굉음과 함께 침묵.

운무가 서서히 가라앉았다.

아, 기적풍장!

좌중은 쥐죽은 듯 조용했다. 전기방의 혈전 이래 처음으로 펼쳐진 기적풍장에 좌중은 넋을 잃었다. 비칠비칠 뒷걸음을 치는 흑기사자의 입에서 피가 흘렀다.

"노부가 졌소."

털썩, 주저앉는 흑기사자. 재경승문 장문인들이 흑기사자의 주위를 에워쌌다. 정좌를 하고 운기조식에 들어가는 흑기사자.

"어떻게들 하시겠소?"

"전국승문 결정에 따르겠소."

천독사검이 칼집에 칼을 꽂으며 말했다.

일제히 병기를 집어넣는 재경승문 장문인들.

"그럼 향남객잔으로 갑시다."

"가실 필요 없습니다."

카랑카랑한 량차단 단주 구병선인의 목소리가 울려퍼졌다.

전국차단 장문인들과 협객들이 어느새 몰려와 있었다.

"철노성으로 갑시다!"

서차단 단주 익영신검이 칼을 빼 높이 들었다.

협객들이 일제히 병기를 높이 들었다.

"전면직선검 쟁취를 위한 공동투쟁방, 우리 공투방은 노동귀족방, 노귀방의 50년 치욕의 역사를 끝장내기 위해 오늘 깃발을 든다!"

호영랑객이 드높이 외쳤다.

와! 와!

함성이 메아리쳤다.

* 첫 문장 "죽이지 않으면 죽는 것이다."는 이인휘의 『활화산』에서 가져왔다.

—『바꿔야 산다』 2000.3.3.

제2화

타오르는 문선루

1.

죽이지 않으면 죽는 것이다.

옥선객은 발끝부터 팽팽히 올라오는 긴장감에 몸을 떨었다. 멀리 강을 스치고 올라온 바람이 옥선객의 머리카락을 곤두서게 했다. 애마는 벌써부터 불안한 기운을 느꼈는지 몇 번씩이나 발걸음을 멈추곤 했다. 문선루의 휘황찬란한 불빛들이 차츰차츰 가까이 다가왔다.

"아, 보름을 버티지 못한단 말인가……."

옥선객은 애마의 갈기를 쓰다듬었다.

3중간선검법이 사파규정 판결을 받자 옥선객은 재빠르게 노귀방의 주도권을 장악해 나갔다. 갈피를 못 잡고 있는 방주 적두신마를 설득하여 무림총회를 통한 공식 검법 채택을 결정했다. 방주는 철노성 지하감옥에서 전면직선검법 수련을 위한 독거에 들어갔다. 문제는 혈수광도를 비롯한 간선검법의 고수들이었다. 앞으로 보름만 더 버티면 적두신마가 수련을 마치고 전설로만 내려오던 무림 3대기보 중 하나인 전면직선검을 가지고 나올 것이다.

획!

"웬놈이냐!"

옥선객은 재빠르게 칼을 뽑아 날아오는 암기를 막았다. 칼을 타고 진한 향내가 흘러내렸다.

옥루주?

향내는 장안 제1루인 문선루의 옥루주가 틀림없었다. 술이 튕겨나가지 않고 칼을 타고 흐르는 것으로 보아 이미 생사현관을 타통한 경지의 공력이었다. 상대는 개방파 방주 창의신개가 틀림없었다.

"비겁하게 숨어있지 말고 정체를 드러내시오!"

"키킥, 제법이군. 젊은이, 나랑 술이나 한 잔 하지."

나뭇가지에 거꾸로 매달려 있는 시커먼 형체에서 진한 향내가 풍겨왔다. 옥선객은 재빠르게 칼을 휘둘러 정신없이 날아오는 술을 받아냈다.

"이런 빌어먹을 자식 같으니. 술이 바닥났잖아?"

"이제 그만 내려오시지, 창의신개."

"어린 자식이 감히 노부의 별호를 함부로 불러대? 간
땡이가 부었군."

"용건이 뭐요?"

"거, 성질 한 번 급하네."

창의신개가 모습을 드러내자 옥선객은 말에서 내려
읍을 올렸다.

"불초소생 옥선객, 선배님을 뵙습니다."

"제법 예의도 밝군. 옥루주는 노부가 잔뜩 훔쳐왔으
니 문선루까지 갈 필요 있겠나?"

창의신개가 품에서 호리병을 꺼내 들이키고 옥선객에
게 건냈다.

"죄송하지만 소생은 시간이 없군요."

"노부가 관상을 좀 보는데, 자네 말이 이별수가 걸려
있어. 오늘밤에 암말을 만나면 좋은 종자마가 태어날 텐
데……. 강남에 씨받는 집을 알고 있는데 같이 갈 텐
가?"

"소생은 약속이 있어 이만 실례하겠습니다."

옥선객이 옥루주를 한 모금 들이키고 호리병을 다시 창의신개에게 건넸다. 읍을 올리고 말에 올라 고삐를 당기자 말이 앞발을 치켜들며 버틴다. 옥선객이 채찍을 휘둘렀다.

"모든 게 하늘에 달렸지……."

멀어져 가는 옥선객의 뒷모습을 바라보며 창의신개는 혀를 찼다. 멀리 별똥별이 흐르고 있었다.

2.

무림에서는 문선루를 일컬어 장안 제1루, 혹은 경국지화루라 불렀다. 경국4화, 경옥, 국주, 사현, 화시, 장안 4대명기의 치마폭에서 무림의 은밀한 일들이 이루어졌다.

문선루 루주 경옥은 깊은 한숨을 내쉬었다. 버들가지 같은 눈썹이 가늘게 떨렸다.

"이걸 쓴다."

국주, 사현, 화시가 경옥을 쳐다봤다. 경옥이 내민 것은 개방의 기보 중 하나인 미혼향이었다. 음복 후 한 시진 후면 혼미에 빠지고, 두 시진 후에는 모든 공력을 상실하는 무림 최고의 독약. 미혼향을 쓴다는 것은 문선루가 개방의 일원이라는 것을 무림에 드러내는 것이다. 또한 암독을 씀으로 해서 사파라는 비난을 면치 못할 것이었다. 개방파 방주는 경옥에게 모든 것을 일임했다.

경국4화는 해독환을 나누어 먹었다. 계획대로 됐다면 창의신개가 옥선객에게 해독환을 탄 옥루주를 먹었을 것이다.

노귀방 총관 혈수광도는 무림4독 중 하나인 혈파환과 해독환을 가져왔다. 한 시진 후면 모든 혈관이 터져 죽게 되는 맹독의 최고봉이었다. 무색무취의 혈파환을 옥루주에 타라는 주문이었다.

3.

"오랜만이오. 옥매."

옥선객이 가볍게 미소를 지었다. 경옥이 말없이 고개를 숙였다. 방안엔 벌써 술상이 차려져 있었다.

"어서 오시오."

혈수광도, 귀곡나찰, 동방사갈이 일어섰다.

"단둘이 만나기로 하지 않았소?"

"경국4화와 짝을 맞춰야 술맛이 제대로 나지 않겠소?"

혈수광도가 너털웃음을 터뜨렸다.

경국4화가 잔에 옥루주를 채웠다.

"자, 무림평화를 위하여!"

혈수광도가 선창을 하자 좌중이 일제히 잔을 들었다. 옥선객이 머뭇거리자 경옥이 어서 마시라는 눈길을 보낸다. 경옥이 벌써부터 연정을 품고 있음을 눈치채고 있었지만 옥선객은 전기방의 혈전 이래 목숨을 부지하고자 사파에 가담하고 있는 자신을 한탄할 뿐이었다. 이번에 전면직선검법만 관철시키면 옛 동지들에게 진 빚을 어느 정도 갚는 것이고, 그러면 훌훌 털고 강호를 떠날 생각이었다. 옥선객이 잔을 들어 옥루주를 천천히 마셨다.

"그래 방주의 공부는 어느 정도 진척 되었소?"

"곧 출거하실 거요."

"소문에 의하면, 다음 철노성주는 옥선객이라 하더군."

"그 무슨 가당치 않은 말씀이오?"

"전면직선검을 벌써 빼돌렸다고 하던데……."

"오늘 보고자 한 목적이 시비를 걸고자 함이오? 이미

무림총회 방침을 공포하지 않았소? 소생은 물러가겠소."

옥선객이 자리를 박차고 일어섰다.

"오늘 보고자 한 목적은 네놈 목이다!"

혈수광도, 귀곡나찰, 동방사갈이 일제히 칼을 뽑아 한군데로 모았다.

3중간선검법!

칼 세 자루가 합쳐지자 날카로운 불꽃이 옥선객의 가슴으로 날아갔다. 옥선객이 칼을 곧바로 세워 불꽃을 갈랐다.

꽈과광!

굉음과 함께 갈라진 불꽃을 맞은 한쪽 벽이 무너져 내렸다.

"오호, 전면직선검법! 네놈이 그럴 줄 알았지."

다시 칼을 한데 모으는 순간 비틀거리는 귀곡나찰.

헉!

주저앉는 귀곡나찰. 이어 동방사갈도 비틀거린다. 아 찔 하는 혈수광도.

"미혼향! 네년들은 개방? 얘들아!"

혈수광도가 재빨리 정좌를 하고 손을 움직여 자신의 혈도를 막는다. 사방에서 날아오는 노귀방의 정예 자객들.

"년놈들의 목을 쳐라!"

염산마검이 외쳤다. 일제히 병기를 뽑아드는 경국4화. 자객들이 노귀진법을 펼쳤다.

"빨리 혈도를 막고 화타에게!"

재빠르게 외치고 마지막으로 인중혈을 누르는 혈수광도.

흑운객이 혈도를 막기 위해 동방사갈과 귀곡나찰에게 다가섰다.

"놔둬."

나즈막히 제지하는 염산마검. 흑운객이 의혹의 눈길을 보낸다.

"3중간선검법은 이미 사파규정 판결을 받았네."

음흉하게 웃는 염산마검. 염산마검이 혈수광도에게 다가가 혈도를 푼다. 두 눈을 치뜨는 혈수광도.

"네놈이!"

그러나 말소리는 입 밖으로 나오지 않고 쓰러지는 혈수광도.

"물러서라!"

염산마검의 외침에 노귀진법을 풀고 물러서는 자객

들. 염산마검이 칼을 내밀자 흑운객이 칼을 겹친다.

1중간선검법!

재빠르게 날아드는 불꽃을 받아내는 옥선객.

퍽!

옥선객의 칼이 부러지며 불꽃이 가슴에 작렬한다. 피를 토하며 쓰러지는 옥선객. 경국4화가 옥선객을 둘러싼다. 다시 날아가는 불꽃.

퍽!

피를 토하며 쓰러지는 경옥.

"가자!"

몸을 날리는 나머지 3화. 다시 날아가는 불꽃.

퍽!

등에 불꽃을 맞은 국주가 쓰러진다.

"잡아라!"

휘휙!

암기를 날리며 뒤쫓는 자객들.

옥선객의 목을 자르는 염산마검.

"이놈의 목을 적두신마에게 보내. 지하감옥에서 굶어 뒈지고 싶지 않거든 기어 나오라고 전해. 원로회의를 백암에서 소집한다. 철노성의 공식검법은 1중간선검법이다!"

칼을 치켜드는 염산마검.

잠시 후 멀리 별똥별이 흐르는 밤하늘로 불길이 치솟았다.

무림에서는 후일, 이날의 사건을 "1성 2화 3마의 락"이라 불렀다.

— 『바꿔야 산다』 2000.3.21.

제3화

백암의 결

1.

죽이지 않으면 죽는 것이다.

별마저 잠든 칠흑의 밤. 어둠에 휩싸인 철노성. 어둠을 가르는 그림자 셋.

"모두 백암으로 가고 쥐새끼 하나 보이지 않는군."

구열장 장주 천기누설이 사현과 화시를 이끌고 천기보법을 사용하여 가볍게 노귀진을 뚫고 철노성으로 진입한다.

철노성으로 진군하던 공투방의 대오에 노귀방이 백암에 모여 1중간선검법을 공식검법으로 채택하고 다시 철노성주를 뽑는다는 개방의 전서구가 날아들었다. 대오는 백암으로 향하고 당대의 준족 천기누설에게는 철노성 지하감옥 잠입의 밀명이 떨어졌다.

지하감옥 입구에 다다르자 세 사람은 걸음을 멈추었다. 예상대로 경비가 삼엄하다. 감옥을 지키는 무사들은 견육방의 고수들이다. 노귀방이 백암대회를 결정하자 재경지역 장문인들이 견육객잔에 모여 결성한 비밀결사. 노귀방과 공투방이 혈전을 벌이면 어부지리로 철노성을 차지하려는 야심만만한 견육방 방주 호공노객의 모습이 사라졌다는 소문이 무림에 떠돌았다. 백암으로 향하던 마차가 절벽으로 굴러 심한 내상을 입고 화타에게 갔다는 소문도 떠돌았다.

사현이 등에 메고 있던 비파를 끌러 자리에 앉았다. 가슴에서 옥피리를 꺼내 입에 무는 화시.

비파옥적천살음!

천기누설은 정좌를 하고 운기조식에 들어갔다. 개방 3대기보. 미혼향, 봉황비파, 취소옥적. 비파와 옥적이 만나 시연되면 음에 취해 자신도 모르게 운우의 세계로 빠져든다. 시연에 공력이 실리고 살기를 띠는 순간 내장이 파열되어 즉사하게 되는 비파옥적천살음.

"가시죠."

사현이 가볍게 미소를 짓는다. 백지장처럼 창백한 두 낭자. 피를 토하고 쓰러져 있는 견육방 무사들을 지나 지하감옥에 이르자 예상 밖으로 문이 열려있다.

정좌를 하고 운기조식을 하고 있는 호공노객.

아, 전면직선검!

호공노객 앞에는 전면직선검이 놓여 있었다. 그뿐인 가. 민영화차단권보, 2만5천단결진보, 사라졌던 무림 3대 기보가 나란히 놓여 있는 게 아닌가.

"적두신마도 웃기는 놈이더군. 이런 걸 감춰놓고 철청표국 놈들하고 돈지랄만 하고 있었으니."

음흉한 미소를 띠며 눈을 뜨는 호공노객.

"그래, 공부는 얼마나 진척이 되었소?"

"그런데 공부는 워낙 재미가 없어서 말이야."

"그걸 가지고 백암으로 갑시다."

"글쎄, 거길 가봤자 이미 피바다가 돼 있을 걸. 장주는 노부와 철노성 운영계획이나 짭시다. 살아 돌아오는 놈들만 치면 되니 이건 거저먹기 아니오?"

"피바다?"

"그럼 철청표국이나 경청관이 구경만 하고 있겠나? 그동안 받아 처먹은 게 얼만데."

"본주는 그런데 관심이 없으니 3대기보나 내놓으시
오."

"오호, 장주께서 철노성을 잡수시겠다?"

전면직선검을 빼드는 호공노객.

아! 광채에 눈을 뜨지 못하는 천기누설, 사현, 화시.

빠르게 날아가는 검풍.

퍽!

검풍에 왼쪽 어깨가 날아가는 천기누설.

투두둑!

비파의 줄을 끊는 사현.

"이런 더러운 년이!"

다리에 줄이 감기는 호공노객. 옥적을 곧추세워 돌진
하는 화시. 전면직선검을 가로로 긋는 호공노객.

아악!

허리가 두 동강이 나는 사현과 화시.

쿵!

이마에 옥적이 꽂힌 채로 쓰러지는 호공노객.

2.

성류객잔.

노귀방 방주 적두신마의 텃밭으로 새외제일의 요새. 천하절경과 최고의 온천을 자랑하는 백암의 가장 번화한 객잔이다.

'철노성 원로대회'

객잔 앞에는 커다란 깃발이 바람에 나부끼고 있다. 객잔 입구를 지키고 있는 노귀방과 한노맹의 무사들. 멀리 벌판에 진을 펼치고 있는 정예의 기마병단. 철청표국과 경청관의 깃발이 보인다.

공투방이 노귀방과 한노맹의 원로대회를 깨더라도 철청표국과 경청관과의 혈전이 기다리고 있는 것이다.

"후일을 도모하는 게 어떻겠소?"

전기방의 혈전에 참여했던 호영랑객이 이마를 찌푸렸다.

"적에게 뒤통수를 보이는 순간 우리는 몰살당할 거요."

눈에 살기를 띠우는 구병선인.

"그럼 천기누설이 올 때까지라도 공격을 늦춥시다."

승문 무사들의 몰살을 경험했던 한재풍운이 신중론을 편다.

"백암 백리 밖까지 이미 민영화 기관매복이 설치되어 있소. 대회를 깨건 안 깨건 놈들은 우리 목을 칠 거요."

익영신검이 칼집을 어루만진다.

"까구들 자빠져 있네. 죽이지 않으면 죽는 거 몰라!"

웃통을 벗어 재끼고 쌍두깨로 쿵쿵 바닥을 찧으며 뚜벅뚜벅 객잔 앞으로 걸어가는 태기사자.

"이보시오, 태기사자!"

앞을 막아서는 호영랑객. 그러나 훌쩍 바람과 같이 한 바퀴 돌아 쌍두깨를 휘두르는 태기사자.

퍼버벅!

쌍두깨에 머리통이 박살나 쓰러지는 노귀방과 한노맹의 무사들.

"가자! 우리 뒤에는 2만5천 무림인이 있다!"

칼을 뽑아드는 익영신검. 일제히 병기를 뽑아 돌진하는 공투방의 무사들.

"쳐라!"

공투방의 무사들이 성류객잔으로 진입하자 흙먼지를 휘날리며 벌판을 가로질러 진군해 오는 철청표국과 경청관의 기마병단.

꽈과광!

거대한 폭음과 함께 불길이 치솟는 성류객잔.

"제명화염진! 놈들의 음모다!"

다급하게 외치는 선종설침.

꽈과광!

계속해서 터지는 철청표국의 파면화염장. 불길 속을 헤쳐 나오면 연행구속진법으로 협공을 하는 경청관의 무사들.

"이놈, 수뢰마두!"

불길을 뚫고 나온 태기사자가 파면화염장을 펼치고 있는 철청표국 국주에게 쌍두깨를 휘두르며 돌진한다.

청렴결백공직기강신퇴!

쌍두깨를 하늘로 던지는 태기사자. 돌개바람을 일으키며 하늘로 치솟다 곤두박질하는 쌍두깨.

꽝!

파면화염장을 가슴에 맞고 온몸이 불길에 휩싸이는 태기사자.

파바바바박!

청렴결백공직기강신퇴에 휩싸여 피투성이로 쓰러지는 수뢰마두. 일제히 국주를 향해 달려오는 철청표국 표두들.

금품수수감사청구진법!

규종법사의 외침에 따라 공투방의 장문인들이 온몸에 불길이 휩싸인 채로 진법을 펼치자 깃발을 내리고 일제히 퇴각하는 철청표국과 경청관의 무사들.

횡령고발진법!

적두신마에게 불덩어리로 돌진하는 공투방의 장문인들.

"이놈, 어딜!"

온몸이 불길에 휩싸인 채, 달아나는 흑운객의 등을 덥석 안는 표선객.

"네놈은 노부와 함께 가자!"

염산마검의 양어깨를 잡아 껴안는 구병선인.

횡령고발진에 갇혀 온몸에 불이 붙은 채 쓰러지는 적두신마.

하나 둘 쓰러지는 공투방의 협객들.

그날 밤 대살겁의 불길은 동이 틀 무렵에야 잦아들었다.

3.

화마가 휩쓸고 간 폐허의 백암. 흔적만 남은 성류객잔으로 비틀거리며 다가가는 한쪽 어깨가 없는 피투성이의 사내.

"이럴 수가!"

뒹구는 시체더미 속에서 통곡하는 천기누설. 한 손으로 칼을 뽑는다.

전면직선검!

칼의 광채가 번득인다. 두리번거리던 천기누설이 비틀거리며 걷는다.

'전면직선검 쟁취를 위한 공동투쟁방'

공투방의 찢어진 깃발을 들어 땅에 깊숙이 꽂는 천기누설.

전면직선검, 민영화차단권보, 2만5천단결진보, 무림 3대기보를 나란히 깃발 아래 놓고 운기조식에 들어가는 천기누설. 그러나 이미 명이 다한 듯 가쁜 숨을 몰아쉰다.

조용히 다가오는 한 사내. 천기누설의 등에 두 손을 대고 공력을 주입한다.

"아, 창의신개! 본주는 이미 틀렸소……."

"이것이 하늘의 뜻이란 말인가……."

"이 깃발과 3대기보를 무림인들에게 전해주시오."

입가에 쓸쓸한 미소를 남긴 채 스르르 눈을 감는 천기누설.

멀리 벌판을 가로지른 흙바람이 매섭게 폐허의 백암을 스치고 지나간다.

흙먼지가 가라앉자 폐허를 가르며 찢어진 공투방의 깃발이 나부낀다.

—『바꿔야 산다』 2000.4.19.

후기

그동안 쓴 글들을 모으고, 고쳐 쓰는 데 1년이 넘게 걸렸다. 지나온 시간들을 되돌아본다는 것은, 한가한 사람에게나 허용되는 것일 텐데, 내가 한가할 수 있다는 것이 미안하기도 하고 고맙기도 하다.

돌이켜보면, 무슨 대단한 글을 쓸 수 있었던 것도 아니면서, 삐라만 안 만들었으면, 그 정성과 그 노력으로 글을 썼으면, 빛나는 시 한 편 썼을지도 모른다고 생각했었다. 세월이 흐르고 나서야 그 삐라들이, 그 삐라를 만들고 뿌리던 시간들이, 내 빛나는 시였다는 걸 알았다.

오랜 동지인 갈무리 식구들이 편집과 제작을 맡아줬

다. 함께 파업투쟁에 나섰지만, 아직도 현장에 돌아오지 못하고 있는 철도 해고동지들에게 미안함과 고마움을 전한다.

2016년 10월

김명환